The Womanizer

Der Robinson-Playboy

Von blauen Männern und heißen Girls

AF188301

1

The Womanizer

Der Robinson-Playboy

Von blauen Männern und heißen Girls

Bibliografische Informationen der Deutschen Nationalbibliothek
Die Deutsche Nationalbibliothek verzeichnet diese Publikation in der
Deutschen Nationalbibliografie; detaillierte bibliografische Daten sind
im Internet über dnb.dnb.de abrufbar.

Printed in Germany

ISBN 978-3-7494-3318-6

Herstellung und Verlag: BoD – Books on Demand, Norderstedt

Der Robinson-Playboy

Von blauen Männern und heißen Girls

The Womanizer

Inhaltsverzeichnis

Der Robinson-Playboy

Bevor ich meine Ehefrau Andrea kennen und lieben lernte, trieb ich mich 1,5 Jahre als Animateur im Robinson Club Soma Bay (Ägypten) herum. Schnell wurde ich auch dort zum Womanizer. Dieses Special enthält meine geilsten sexuellen Abenteuer aus meiner Studentenzeit sowie aus meinem Auslandsaufenthalt im Paradies. Wir starten die Reise mit der 20-jährigen Julia, die bis heute in meinem Herzen ihren Platz hat. Auch Lesben sind vor dem Frauen-Versteher nicht sicher. Alice war Teil unserer Bowlinggruppe. Sie (21) wollte unbedingt mal einen Mann ausprobieren, und ratet mal, wen sie dafür auswählte.

Ab zu Robinson: Die Tanz-Choreo Anush war eine harte Nuss, die ich aber knacken konnte. Im Kicker-Duell brach ich sie schließlich und erspielte mir heißen Sex mit ihr. Meine 28-jährige Teamchefin Ronda war eine exzellente Beach-Volleyballerin, doch ich war besser. So musste sie mich erotisch massieren, daraus ergab sich allerlei. Zwaantje war eine namhafte und erfolgreiche Kickboxerin mit internationalen Titeln. Als Special Guest prügelte sie die weiblichen und männlichen Gäste durch die Kurse, aber im Bett konnte sie auch sehr zärtlich sein.

Küken Quirina (19) war die Tochter des Clubchefs. Ein junges, so hübsches Ding. Sie verliebte sich voll in mich und ich erlebte mit ihr ein paar außergewöhnlich innige Tage. Als Blue Man Sex zu haben, ist etwas ganz Exklusives. Blaue Ficks mit heißen Ladies wurden zu meinen top Soma-Bay-Highlights. Zurück in Deutschland nervte mich meine junge, alternativ eingestellte Nachbarin Ariel. Doch aus einem Pippi-Langstrumpf-Verschnitt wurde ein sehr sexy Girl.

Und ich lüfte ein Geheimnis: Ich drehte ein paar offizielle Pornos. Kurz bevor ich mit Andrea zusammenkam. Ich hatte u.a. geile Ficks mit den Darstellerinnen Star, Spring und Daisy. So gerne denke ich an die Zeit meines Lebens zurück, in der ich als Playboy die Robinson-Frauenwelt beglückte. Ich wünsche Euch viel Spaß und Anregung beim Lesen!

Euer Womanizer

Julia

Julia war eine schüchterne 20-Jährige, als ich sie traf. Wir kamen auf einem Dorffest ins Gespräch, sie war erst mal nicht an mir interessiert, sondern sehr zurückhaltend. Ich spendierte ihr einen Drink, sie rauchte zwischendurch. Sie war Studentin aus Regensburg, ihre Eltern lebten bei München, diese besuchte sie häufig. Am nächsten Abend trafen wir uns wieder. Ich ging aufs Ganze und schaffte es, sie zum Knutschen zu bringen.

Dieses Knutschen war Hammer! Besser als alle anderen Mädels zuvor. Julia war 1,70 m groß und schlank. Hatte lange, dunkelblonde Haare und etwas Gesichtsakne, nicht ausgeprägt und überhaupt nicht schlimm. Sehr sexy Körperform. Ihr Lächeln war bezaubernd.

An den nächsten Abenden kamen wir uns immer näher. Sie begann sich mir zu öffnen. Als sie zum ersten Mal bei mir 22-jährigem Playboy übernachtete, kam es zum Petting. Während des Knutschens streichelte ich unter ihr Shirt. Ihre Brüste waren jung und zart, ihr Körper fühlte sich himmlisch an. Als ich sie nackt sah, jubilierte ich. Ein schönes Büschel dunkelblonder Schamhaare verzierte ihre Pussy und endete pünktlich vor der Klitoris. Während ich sie küsste, rubbelte ich ihr Pussy, bis sie kam.

Sie hatte große Schamlippen und eine Klitoris, die bei Erregung mächtig anschwoll. Sie kam laut und heftig, hatte aber noch nicht genug, also ein zweites Mal. Und ein drittes Mal. Nach einer halben Stunde Pussy-Stimulation war sie erlöst und widmete sich nun mir. Als sie meinen Dong herausholte, hörte ich die Engel singen, so geil umfasste und blies sie ihn. Es war einfach perfekt. Ihre langen Haare hatte sie zusammengebunden, sie kniete zwischen meinen Beinen und erledigte ihren Job sensationell. Als ich kam, wichste sie mich über die Kante, was einen hohen Orgasmus verursachte.

„Huch", grinste sie und blickte mir tief in die Augen. Danach kuschelte sie sich in meine Brust und ich fühlte mich eins mit ihr. Julia und ich trafen uns fortan jedes Wochenende, immer, wenn sie im Raum München war.

Vor und nach jedem Sex wollte sie rauchen, was mich nicht störte, da sie danach immer ein Kaugummi nahm, sodass ich sie frisch küssen konnte. Sex mit Julia war jedes Mal phänomenal. Zuerst verwöhnte ich sie, dann sie mich. Dann machte ich uns Abendessen, wir kuschelten, schauten Filme, hatten wieder Sex und schliefen glücklich ein. Ihre Hand- und Blowjobs waren unglaublich gut, perfekt für meinen Penis und mich.

Beim vierten Mal Sex wollte ich ihre saftige Pussy lecken, und tat dies dann beim fünften Mal, nachdem sie mir ein Gesundheitszeugnis vorlegte und ich wusste, dass sie gesund war. Das habe ich früher von allen Frauen angefordert, wenn ich ungeschützten Sex mit ihnen wollte. Im Laufe der Jahre ist es mir egaler geworden. Julias Pussy-Saft schmeckte Weltklasse.

Ich genoss es, ihre langen Schamlippen geil zu lutschen und an ihrer Klitoris zu züngeln, bis sie heftig kam und mir ihr niedliches Becken ins Gesicht drückte. Und dann mein Gesicht in ihr Becken, weil sie nicht genug kriegen konnte. I loved it! Auch die 69er-Position war genial, sie auf mir. Am meisten liebte ich den Abschnitt, als sie mich verwöhnte, in sämtlichen Stellungen. Kniend während ich stand, kniend während ich lag, seitlich über mir, hockend auf mir – sie wusste genau, wie sie es einem Dong perfekt besorgen konnte, das Luder.

So scheinheilig brav, wie sie wirkte, war sie nicht. Leider durfte ich nie Fotos von ihr machen, wollte sie nicht. An einem Tag allerdings gab sie mal nach, diese Fotos sind mir bis heute heilig, die bildhübsche, 20-jährige Julia bei mir auf dem Sofa! Leider zog es Julia bald nach Frankreich, sodass unsere Affäre unterbrochen wurde. In den 7 Monaten hatten wir supertollen Sex, allerdings nicht einmal miteinander geschlafen. Das wollte sie nie. Gründe nannte sie mir keine, aber da das Petting mit ihr so fantastisch war, reichte es mir aus.

Während sie in Frankreich war, schrieben wir uns täglich Botschaften. „Hey Süße" und „Hey Süßer", aber nicht „Na, Schatz" oder „Ich liebe Dich", das war es nicht. Während sie in France 1,5 Jahre weiterstudierte und dort sicher keine heilige Jungfrau war im Umgang mit Boys, hatte auch ich zahlreiche diverse Liebschaften. Als Julia ihr D-Comeback gelang, sah ich Unglaubliches: Julia war zur Frau geworden.

Ihre Rundungen noch perfekter. Im Bett gab es weiterhin Heavy Petting, nicht mehr. Sie wichste und blies nun etwas anders, was Beleg dafür war, dass zwischen damals und nun einige Typen waren. Egal. Jetzt lag sie wieder in meinem Bett. Das Knutschen war toll, ihr Körper fühlte sich so vertraut an, ihre Pussy war nach wie vor wunderschön, sie blies und masturbierte wie eine Prinzessin.

Allerdings schluckte sie mein Sperma nicht mehr so oft wie früher. Und ich merkte, dass es nicht mehr so war wie zuvor. Sie ging früher und kam nicht mehr jedes Wochenende. Ich versuchte, sie wieder für mich zu gewinnen, indem ich ihr gestand, dass ich in sie verliebt sei. Das war der Anfang vom Ende. „Ich dachte, zwischen uns beiden sei alles klar", sagte sie bestimmt, „Sex ja, aber keine Liebe".

Das war ein schwerer Schlag für mich, war ich doch dabei, fantastischen Sex und ein Mädel, das ich echt mochte, zu verlieren. Doch Julia kannte kein Erbarmen: Per Mail beendete sie unsere Affäre und widmete sich anderem und anderen. Nicht einmal hatten wir miteinander geschlafen, und trotzdem war ich superglücklich mit ihr gewesen.

Viele Monate später gestand sie mir per Mail, dass sie mich sehr vermisse und nur aus Angst, etwas falsch zu machen, nie mit mir schlafen wollte. Sie wünsche sich sehr, mich wieder zu sehen. Doch ich war bereits anderweitig fündig geworden und empfand es als klüger, sie lieber nicht mehr zu sehen. Es hätte mir nur wehgetan.

Ein paar Jahre später wollte ich wissen, was aus ihr geworden ist, und mailte sie an. Ich erfuhr, dass sie in Leipzig lebte und für eine PR/Marketing-Firma journalistisch arbeitete. Sie habe einen festen Freund und ihr gehe es gut. Trotzdem bat sie mich um Kontaktabbruch, da unsere Affäre der Vergangenheit angehörte. Ich war traurig, musste mich aber fügen. Trotzdem behält Julia immer einen besonderen Platz in meinem Herzen, direkt den hinter meiner Frau Andrea.

Alice

Bowling ist ein schöner Sport, den ich früher regelmäßig betrieb. Mir machte es großen Spaß, Strikes zu werfen und Pins zu zerstören. Alle weg! Über die Zeit lernte ich nette Jungs und Mädels kennen, die dieses Hobby mit mir teilten. Jeden Mittwochabend trafen wir uns und spielten 4 Stunden ein Turnier. Unsere Gruppe bestand aus 15-20 Spielerinnen und Spielern. Immer wieder verließen manche die Gruppe, und immer wieder kamen neue dazu. Ein Neuzugang war Alice, 21 Jahre jung und Verkäuferin im Kaufland.

Als ich Alice zum ersten Mal sah, dachte ich, sie sei lesbisch. Kurze, blonde Haare, lesbische Gesichtszüge und Bewegungen, das erkenne ich sofort. Sie war hübsch, 1,74 m groß und 56 kg schlank. Vorsichtig integrierte sie sich in die Gruppe. Ihr erster Auftritt war spieltechnisch mangelhaft. Nur 70 Pins schaffte sie im Schnitt auf 8 Runden. Beim nächsten Mal waren es 80. Gut! Wir lernten Alice besser kennen.

Schüchtern war sie noch, eine Frau von wenigen Worten. Ihr Style war nicht meiner, trotzdem hatte sie etwas an sich, das mir mächtig gefiel. Tätowiert war ihr Körper auch: An der rechten Wade ein Portrait von Mona Lisa, am Rücken etwas Großes, das ich nur seitlich sehen konnte. Ich versuchte, mehr über sie zu erfahren, aber sie gab sich wortkarg und machte sich so noch interessanter für mich. Nach 6 Wochen wusste ich, dass sie in einer Beziehung war. 2 Wochen später mit wem: Mit einer 10 Jahre älteren Arbeitskollegin namens Judith.

Hatte ich es gewusst! Ja, der Womanizer ist ein Hellseher. Er erkennt Lesben auf große Entfernung. Irgendwann war der Damm gebrochen und Alice öffnete sich mir. Sie war Lesbe seit dem 7. Lebensjahr: „Da wusste ich, dass ich auf Frauen stehe." 4 Beziehung hatte sie vorzuweisen, dazu viele „kurze Sachen und Abenteuer".

Einen Mann habe sie noch nie gehabt. Mochte sie auch nicht. Sie stehe voll und ganz auf Frauen. Nix bi. Es entwickelte sich ein freundschaftliches, sportliches, kumpelhaftes Verhältnis mit ihr.

Nach jedem Match, das wir gegeneinander spielten, umarmten wir uns. Das machten wir immer so, mit jedem. Die Umarmungen mit Alice waren etwas Besonderes. Sie dauerten länger als die mit den anderen, und waren inniger. Eines Abends ging es Alice nicht gut, sie klagte über Stress. Beziehungsprobleme mit Judith. Massive! Denn Judith hatte sich in einen Mann verliebt und wollte die Beziehung mit Alice zu einer Dreier-Geschichte ausbauen und sich die Freiheit nehmen, neben Alice auch Georg lieben zu dürfen.

„Das will ich nicht", sagte Alice traurig und wollte von mir gedrückt werden. „Ich verstehe sie nicht. Sie bekommt alles von mir. Ich erfülle ihr ihre Wünsche, beziehungstechnisch sowie sexuell. Warum steht sie auf einmal auf einen Mann? Sie hatte noch nie einen, war immer Lesbe. Das tut weh!" Ich tröstete meine Lesbe: „Vielleicht ist es eine Phase. Vielleicht möchte sie es einmal im Leben ausprobieren."

„Sie hat es schon ausprobiert, die beiden hatten schon Sex miteinander, und sie will es wieder tun", heulte mir Alice ins Hemd. „Und sie fand es auch noch schön." Ich konnte ihr nicht helfen. Mehr als ihr meinen Trost zu schenken, konnte ich nicht. In den Folgewochen erfuhr ich, dass Judith nun eine Affäre mit Georg gestartet hatte und zweispurig fuhr. Sie lebte mit und liebte Alice, gleichzeitig datete sie Georg. Alice nahm das Ganze unglaublich mit. Trennen wollte sie sich nicht von Judith, dafür liebte sie sie zu sehr.

Wochen vergingen. Eines Spielabends vertraute mir Alice Spannendes an: „Weißt Du was, Judith hat mich echt neugierig gemacht, wie das ist, Sex mit einem Mann zu haben. Sie erzählt, dass es etwas anderes sei, als Sex mit einer Frau. Ich habe noch nie Sex mit einem Mann gehabt. Interessieren würde mich das jetzt irgendwie schon. Ein einziges Mal." „Ja, warum nicht. Probiere es aus, dann weißt Du, wie das ist."

„Stell Dir vor, Judith hat mir ihren Georg angeboten, er sei offen dafür, aber mit dem will ich nicht. Er ist eklig." „Für diesen Test würde ich nicht irgendeinen Mann nehmen. Du hast 2 Optionen: Entweder einen Unbekannten, den Du niemals wiedersehen wirst, oder einen besonderen Mann, dem Du vertraust, der Deine Lage kennt und auf Dich eingeht", beriet ich sie.

„Ein Fremder wäre Praktischer, aber das will ich nicht. Kann ja voll in die Hose gehen. Lieber einen Bekannten, dem ich vertraue." Als sie mir tief in die Augen blickte, wusste ich, was der Zeiger geschlagen hatte: „Wieso siehst Du mich so an?", fragte ich nervös. „Kannst Du nicht der Mann sein? Wenn, dann nur mit Dir", antwortete mir Alice. „Grundsätzlich gerne", gab ich zurück. „Aber bedenke: Normalerweise habe ich Sex mit Frauen, die mich wollen. Die heiß und geil auf mich sind. Das ist toll, so macht Sex Spaß.

Ich hatte noch nie mit einer Frau Sex, die lesbisch ist und einfach mal einen Mann ausprobieren möchte. Ohne richtige Lust und Geilheit. Ich weiß nicht, ob ich das kann." „Ganz so ist es nicht", beruhigte mich A. „Wenn ich nicht lesbisch wäre, wärst Du der erste Mann, den ich anbaggern würde. Du bist ein toller Typ, der perfekte Mann, wenn ich nur nicht lesbisch wäre. Es würde mir viel bedeuten, wenn Du Ja sagst."

„Gut, überredet", schlug ich ein, „aber unter einer Bedingung: Es darf und soll unsere Freundschaft nicht gefährden." „Einverstanden", nickte Alice, „zwischen uns wird sich nichts verändern." Wenige Tage später fuhr ich spätnachmittags 15 km weiter nach Markt Schwaben, wo mich Alice in ihrer Wohnung erwartete. Judith war außer Haus, sie blieb die Nacht bei Lover Georg.

„Judith weiß, dass ich männlichen Besuch habe", grinste sie. Nervös war sie, ich auch. Nach etwas Alkohol, „um locker zu werden", fragte sie: „Und jetzt? Wie sollen wir anfangen?" „Deine Entscheidung, Alice. Du entscheidest, was alles Du ausprobieren möchtest. Ich mache alles gerne mit." „Ich will alles ausprobieren." „Magst Du mit Küssen anfangen?", schlug ich vor. „Ja", lächelte sie und kam auf mich zu. Wir standen voreinander und sie küsste mich. Sehr mechanisch. Sehr vorsichtig.

Ich hielt mein Temperament zurück und küsste vorsichtig mit. Nach 3 Minuten wurde sie sicherer, nach 5 Minuten war es richtiges Küssen. Sie hatte mich nun längst umarmt und genoss mit geschlossenen Augen zum ersten Mal eine männliche Zunge in ihrem Mund. Ich muss zugeben: Alice konnte verdammt gut küssen!

In ihrem Lesben-Leben spielte Küssen eine wichtige Rolle. Sinnlich spielte sie mit ihren Lippen an meinen, erotisch lernte sie mit ihrer Zunge meine kennen. Nach 10 Minuten setzte sie ab und öffnete ihre Augen. „Oh, war das schön!", strahlte sie. „Und für Dich?" „Auch sehr schön", grinste ich. „Sollen wir einen Schritt weitergehen?" „Ich bin bereit", gab ich meine Einwilligung. „Dann ziehen wir uns aus, oder?" „Okay", sagte ich.

Rasch hatte Alice sich ihr T-Shirt abgestreift und ihren BH auf den Boden fallen gelassen. Schöne, jugendliche Brüste sah ich. Mittelgroß, formschön, mit großen Brustwarzen. Ein kleines Nabel-Piercing glitzerte. Ihre Hose war auch schon weg, dann fiel ihr Höschen. Unschuldig stand sie nackt vor mir.

Ich stand da, oben ohne, Hose an den Knöcheln, Unterhose an, und starrte sie an: Bildschön ihr Körper! Wohlgeformte Oberschenkel, Venushügel vom Allerfeinsten. Blanke Muschi. 15 Sekunden später stand auch ich splitterfasernackt vor ihr. Sie betrachtete mich und blieb an meinem Ständer hängen. „Soll ich Dich zuerst anfassen oder Du mich?", startete ich die nächste Konversation.

„Ich traue mich noch nicht. Starte Du bitte." Alice legte sich aufs Bett und schloss ihre Augen. Ich gesellte mich zu ihr und startete mit zärtlichen Berührungen an ihrem Hals. Das gefiel ihr. Nun küsste ich ihren Hals und wanderte zu den Brüsten. Diese liebkoste ich prickelnd. Alice stöhnte und vertraute mir. Es war spannend, eine hübsche Lesbe zu befriedigen. Ihre harten Brustwarzen in meinem Mund fühlten sich so sexy an.

Ich streichelte und küsste weiter bis zu ihrem gepiercten Nabel. Je tiefer ich kam, desto erregter wurde sie. Bewusst umfuhr ich ihren Venushügel und küsste an den Oberschenkeln weiter. Ich roch bereits ihren Pussy-Saft und setzte ab: „Wenn Du magst, mache ich weiter, Du weißt schon. Soll ich?" „Ja", stöhnte sie und spürte wenige Sekunden später zum ersten Mal eine Männerzunge an ihre Pussy.

Dann zum ersten Mal eine Männerzunge in ihrer Pussy. Alice war zwar Voll-Lesbe, aber gefühlskalt war sie nicht, denn meine Zungenspiele zeigten beeindruckende Wirkung. Noch bevor ich richtig loslegte, kam sie zum Orgasmus. Sie zuckte und kreischte hoch, eine Stimmlage, die ich so von ihr nicht kannte.

Ich streichelte und küsste ihren Intimbereich weiter, bis sie sich erholt hatte und mich anblickte: „Das war schön, viel schöner als erwartet, danke!" Pause. „Kannst Du es nochmal machen?" Natürlich konnte ich. Ich küsste ihre Schamlippen rauf und runter, bis ich wieder ihre Klitoris hatte. Diesmal saugte ich stärker und fingerte mit meinem Zeigefinger am Eingang ihrer Scheide herum. Alice schmeckte gut! Alice kam auch gut. 3 Minuten später erlebte sie ihr zweites Highlight.

Ich streichelte aus und legte mich neben sie. „Und, wie war´s für Dich?", fragte ich sie. „Wunderschön. Danke dafür, mein Freund. Es war die richtige Entscheidung, Dich auszuwählen." Dann küsste sie mich. Nicht kurz, sondern lang. 4 Minuten Knutsch-Kuss. Dann schaute sie mich an: „Darf ich jetzt Dich berühren?" „Klar, mach schon", wartete auf ihr erstes Mal. Sie tat es so wie ich bei ihr: Sie startete mit zärtlichen Berührungen an meinem Hals. Nun küsste sie diesen und wanderte zu meinem schönen Brustbereich. Diesen liebkoste sie prickelnd.

Sie streichelte und küsste meinen Bauch. Je tiefer Alice kam, desto erregter wurde ich. Bewusst umfuhr sie meinen Penis und küsste an den Oberschenkeln weiter. Mein Penis stand wie eine Eins und wollte endlich Alices volle Aufmerksamkeit. Da, endlich der erste Kontakt! Alice berührte spielerisch den Schaft. Zum ersten Mal in ihrem Leben spürte sie einen Penis. Kurz darauf auch Hoden. Mutiger wurde sie und streichelte den Penis nun auf und ab.

Ganz zart. Es fühlte sich mega an. „Mache ich das richtig? Ich bin total unsicher. Kannst Du mir Tipps geben?" Fragte sie mich. „Es ist genau richtig, so wie Du es tust. Jetzt darfst Du ihn in die Hand nehmen. Einfach zugreifen, so wie einen Hammer umfassen." Alice versuchte es mit ihrer linken Hand und griff fest zu, wie einen Hammer. „Nicht ganz so fest", ermahnte ich sie. Schnell hatte sie die richtige Stärke gefunden.

„Ja, prima. Und jetzt die Vorhaut langsam rauf und runter bewegen." Alice folgte meinen Instruktionen und schob ihre Hand hoch und runter. Meine Vorhaut musste mit. Tat das gut! „Gut so?" „Perfekt!" Instinktiv wurde sie schneller. Zwischendurch wechselte sie die Hand, Rechts war auch schön, aber mit Links konnte sie es besser. Als Linkshänderin kein Wunder.

„Mach mit Links", bat ich sie. Alice hatte nun Sicherheit und das richtige Tempo gefunden, wie sie mir Spaß bereiten konnte. Auch sie hatte Spaß, lächelte zufrieden und gab sich gleichzeitig hochkonzentriert beste Mühe. Sie wichste gut. Ich merkte, dass bald der Moment anstand. Ihre erste produzierte Samenausschüttung nahte. „Alice, gleich komme ich. Mach genauso weiter, nicht aufhören beim ersten Ausschuss. Wenn alles raus ist, dann langsamer werden." „Okay", summte sie mir zu und hielt Spannung. Noch 10 Sekunden. Noch 9. 8. 7. 6. Noch 5. 4. 3. Noch 2. Noch 1 Sekunde. JETZT!

Ich kam. Meine erste Spermaladung spritzte hoch. Alice rief „Hui" und grinste. Weiter ging´s: Ich kam brutal und Alice erledigte ihren Handjob sensationell. Sie wichste so lange, bis ich ihr das Zeichen gab, aufzuhören. „Habe ich das auch gut gemacht?" „Und wie", lobte ich Alice, „das war ein fantastischer Handjob. Danke." Sie war genauso glücklich wie ich. „Kannst Du nochmal später? Ich möchte alles ausprobieren mit Dir, auch blasen und mit Dir schlafen." „Keine Sorge, ich kann heute sicher noch dreimal kommen." Sie freute sich. Nackt saßen wir uns gegenüber und sie reinigte sich von meinem weißen Saft.

Feuchttücher sind dazu das Beste. Die Pause kuschelten wir. Alice war Kuschelmaus. „Wenn Du magst, lecke ich Dich nochmal", bot ich ihr nach einer entspannten halben Stunde an. „Gerne", strahlte sie und begab sich in Position. „Wenn Du es magst, können wir 69 machen und uns gegenseitig gleichzeitig mit dem Mund verwöhnen."

„Nein, lieber nacheinander", korrigierte Alice, „ich bin unsicher, wie das mit dem Blasen geht, da brauche ich volle Konzentration, daher lieber zuerst Du mich und dann ich Dich." Alice spreizte ihre Beine und gewährte mir oralen Zugang zu ihrer Lesben-Pussy. Ehe sie begriff, was mit ihr geschah, explodierte sie schon und drückte ihr Becken weit nach oben.

Doch entkommen konnte sie mir nicht. Ich leckte tief weiter, unter Einbezug meiner Finger, sodass sie noch ein zweites Mal kam. Schweißgebadet schaute sie mich mit großen Augen an: „Verdammt, ich wünschte, Judith könnte so gut lecken wir Du! Das war außergewöhnlich. All die Frauen, die ich hatte, fast alle könnten von Dir lernen."

Ich nahm ihr Lob an und fühlte mich mal wieder bestätigt. Nun war es Zeit für Schritt 2: Den Blowjob. „Magst Du es jetzt mit dem Mund machen?", fragte ich. „Ja, aber Du musst mir helfen. Ist mein erstes Mal. Und nicht böse sein, wenn ich mich ungeschickt anstelle." „Ein Blowjob ist für den Mann etwas Besonderes. Wichtig ist, ihn nicht zu verletzen. Also nicht beißen oder so. Manche Frauen nehmen nur die Penisspitze in den Mund, nur 1 mm tief. Das reicht nicht. Ein guter Blowjob sieht so aus: Nimm den Penis in eine Hand, mit der anderen kraulst Du die Hoden, streichelst Oberschenkel oder Brust.

Dann nimmst Du ihn in den Mund, erst ganz vorsichtig. Dadurch wird er feucht. Nun lutscht Du an ihm wie an einem Eis. Kennst Du ja, Stiel-Eis. Du fährst mit Deinen Lippen hoch und runter und wieder hoch und runter. Dabei kannst Du Deine Zunge einsetzen und den Penis umkreisen. Zwischendurch wichsen, das kannst Du ja sehr gut, dann wieder Mund. Du wirst spüren, ob Du es gut machst. Je steifer er wird, umso mehr gefällt es ihm.

Wenn der Mann kommt, hast Du 2 Möglichkeiten: Entweder Du machst es mit der Hand zu Ende oder bläst weiter, bis er in Deinen Mund kommt. Hier hast Du 3 Optionen: Erstens: Du schluckst. Zweitens: Du sammelst das Sperma im Mund und spuckst es danach aus. Drittens: Du lässt das Sperma währenddessen herauslaufen.

Für welche Variante entscheidest Du Dich?" „Hm, das entscheide ich, wie es mir dabei gefällt", lächelte Alice und sortierte sich. Ich lehnte mich zurück. Sie nahm meinen Penis in ihre linke Hand und kraulte mit der rechten die Hoden. Nach ein wenig Streicheln nahm sie ihn in den Mund. Dann lutschte sie ihr Eis: Hoch und runter und wieder hoch und runter fuhren ihre lesbischen Lippen auf und ab, zuerst langsam, dann schneller.

Dabei setzte sie ihre Zunge ein und umkreiste meinen Penis göttlich. Zwischendurch wichste sie, dann machte sie weiter mit dem Mund. Ein Naturtalent! Alice war eine gute Bläserin, und das bei ihrem ersten Versuch und als Lesbe. Ich unterstützte sie mit kleinen Korrekturen und Impulsen, die sie zu meiner Zufriedenheit umsetzte. Diese 21-Jährige war genial im Bett!

Oh, Du arme Männerwelt, dass Du auf diese Sex-Göttin verzichten musst! Ich spürte, dass Alice auf dem besten Weg war, mir einen Orgasmus zu bescheren. Fairerweise kündigte ich ihr diesen an: „Du, wenn Du so weitermachst, komme ich in einer halben Minute." Sie setzte ab, schaute mir entschlossen in die Augen, und meinte: „Ich schlucke." Braves Ding! Schon lutschte sie weiter, und schon kam ich.

Es war ein Hammer-Orgasmus! Ich schoss meine ganzen Ladungen in ihr blasendes Mündchen hinein, und sie schluckte Stück für Stück weg. Wie tough ist das denn! Alice lutschte so lange meine Banane, bis ich sie zu mir zog. „Alice, das war Weltklasse! Davon können sich viele heterosexuellen Frauen eine Scheibe abschneiden. Und das beim ersten Mal. War toll!" „Danke", freute sich die Kurzhaarige: „Muss zugeben, hat Spaß gemacht. Schlucken war kein Problem. Aber ehrlich: Es hat sich neu und fremd angefühlt, einen Penis in der Hand zu halten und im Mund zu haben. Aber ich fand´s toll."

Wir lagen da, nackt, und plauderten über unsere Leben. Alice war eine tolle Frau. Sie hatte schon viel Mist erlebt und war trotzdem eine tolle Persönlichkeit geworden. Punkt 22 Uhr: „Wenn Du magst, schlafe ich jetzt mit Dir. Ich bin wieder fit." „Gerne", nickte sie. „In welcher Position magst Du?"

„Ich schlage vor, wir probieren die wichtigsten aus, damit Du spürst, wie sich das anfühlt", war meine Idee. Diese Idee empfand sie als sehr gut. Ich kommandierte sie nach unten und startete in der Missionarsstellung. Vorsichtig drang ich mit Gummi in ihre Pussy ein. Bisher waren da nur Dildos oder Vibratoren drin, jetzt ein echter, lebender Schwanz. Dieser meine Schwanz fickte Alice. Langsam stieß ich zu. Alice lag da, mit weit aufgerissenen Augen, und schaute zu, was ich mit ihr veranstaltete. „Und, wie fühlt es sich an?", hechelte ich.

„Geil", hechelte sie, „ungewohnt, aber gut." Ich schlug einen Stellungswechsel vor, Löffelchen, drang seitlich liegend ein und fickte schneller. Auch das gefiel ihr. Weiter ging es mit Doggy. „Lieber eine andere, hier fühle ich mich nicht wohl." Vielleicht schämte sie sich, mir ihren Po derart hinzuhalten. Obwohl es da nichts zu schämen gab, denn sie hatte einen sehr schönen.

„Magst Du reiten?", lenkte ich das Thema um. „Ja", stieg sie auf mich und schob sich meinen Schwanz rein. Reiten war ihr Ding. Das gefiel ihr! Alice hatte Spaß dabei. Je länger sie ritt, desto geiler wurde sie und erlebte kurz darauf einen Orgasmus auf mir. Als sie aufhören wollte, flehte ich sie an:

„Bitte reite weiter, ich will auch kommen!" „Sorry, ich war gerade voll bei mir", entschuldigte sie sich und kam wieder in Ritt und Tritt. Ihre blanke Muschi verwöhnte meinen Dong gut. Zu gut, denn einen anderen Ausweg als den Orgasmus gab es nicht mehr für mich. Ich kam mächtig. Alice strahlte und ritt gnadenlos weiter, bis ich mich erschöpft fallen ließ, sie zu mir zog und küsste. „Das hast Du toll gemacht, Alice. Das war schöner Sex für mich. Ich hoffe, für Dich auch."

„Ja, hundertmal besser, als ich es mir vorgestellt hatte. Fakt ist, ich werde mich nie in einen Mann verlieben, weil ich nur auf Frauen stehe, das mit Dir war der erste und wird der einzige Sex mit einem Mann in meinem Leben bleiben. Ich bin sehr dankbar, diese tolle Erfahrung mit Dir gemacht zu haben." „Konnte ich Dich nicht von Männern überzeugen? Nicht mal ich?" „Nicht mal Du", lachte sie und küsste mich. Wir schliefen ein.

Am nächsten Morgen saß ich auf dem Weg im Auto. Ich sinnierte vor mich hin, wie geil das war, mit einer Lesbe Sex gehabt zu haben, die zum allerersten und einzigen Mal in ihrem Leben einen Dong spürte und bearbeitete. Viele weitere Monate pflegten Alice und ich ein enges Verhältnis. Wir sahen uns wöchentlich beim Bowlen und blieben lange miteinander verbunden, bis ich für 1,5 Jahre ins Ausland ging: Robinson!

Anush

Nach meiner Medienausbildung und bevor ich in meinem Beruf in München durchstartete, gönnte ich mir 1,5 Jahre als Animateur im Ausland. Im Bereich „Sports & Entertainment" arbeitete ich für Robinson, die Nr. 1 weltweit. In „Soma Bay" in Ägypten trieb ich mein Unwesen. Mir war klar, dass es eine wilde Zeit werden würde, mit Hunderten Ficks. Meine Strichliste belegt, dass es in diesen 550 Tagen abzüglich 15 Tage Urlaub 114 Frauen zwischen 18 und 36 waren, mit denen ich Sex hatte.

Nachdem ich geschnallt hatte, wie das so läuft in einem Club, wurde ich schnell zum Womanizer des Teams. Eines Tages wurde uns eine neue Kollegin vorgestellt, Anush, 25 Jahre schön. Die Halbrussin kam als „Tanz-Choreo" und trainierte mit uns die Abendshows ein. Anush war ein Traum von Frau: 1,72 m groß, 50 kg, top trainiert mit Ausstrahlung einer Queen. Ihre Haare waren blond-rötlich und tagsüber hochgesteckt, abends trug sie diese offen. Ihre Augen hatten etwas sehr Sündiges an sich. Ebenso ihr Grinsen.

Sie wusste, wie man Männer verrückt macht. Das tat sie auch. Ganz bewusst. Alle Jungs im Team waren rattenscharf auf sie und jeder versuchte sein Glück, doch sie erteilte allen eine Abfuhr. Ich hatte ohnehin genug am Laufen, also musste ich nicht an ihr baggern. Eines Abends spielte ich mit lieben Gästen Tischfußball, das kann ich besonders gut. Ich bin ein Crack. So zockte ich regelmäßig mit Gästen um Getränke und gewann 98 Prozent aller Partien. Anush kam und schaute zu. Als ein Gast uns zum Doppel aufforderte, konnte sie nicht Nein sagen und gesellte sich zu mir. Gemeinsam schlugen wir alle Gegner.

Ich war überrascht: Anush spielte verdammt gut. Sie erzielte viele Tore und war schnell am Griff. Als es 1:30 Uhr war und sich die Gäste ins Bett verzogen, sprach sie mich auf mein Kicker-Talent an: „Du bist krass gut", nickte sie mir lobenswert zu. „Du auch", lobte ich. „Ich habe gehört, Du spielst mit Gästen um Getränke." „Ja, und ich gewinne so gut wie immer." „Vielleicht besiege ich Dich ja", grinste sie mich dämlich an. „Das glaube ich nicht", revanchierte ich mich.

„Du kannst es versuchen." Mutig nahm sie meine Challenge an. Sie war echt gut, verlor nur 6:10 Tore. „Nochmal", bat sie und verlor wieder, 2:10. Nochmal, diesmal war es knapp, nämlich 9:10. Nach 2 weiteren Spielen entschuldigte sie sich ins Bett. Es wurde zur Routine, dass Anush abends vorbeischaute und wir im Doppel die Gäste abzogen. Danach spielten wir 5 bis 6 Runden gegeneinander, die ich immer gewann. Meistens schaffte sie 5 bis 6 Tore, manchmal sogar 8 oder 9, manchmal nur 2 oder 3. Aber unter 2 schoss sie nie.

Mittlerweile hatte ich meinen Flirtkurs bei ihr aktiviert, doch den blockte sie immer gnadenlos ab. „Ich werde hier in meinen 6 Monaten im Club keinen Sex haben, mit niemandem, das habe ich mir geschworen", sagte sie immer. Und sie hielt sich daran. Sämtliche Kollegen hatten aufgegeben und eingesehen, dass es sinnlos war, ihr Avancen zu machen. Ich glaubte an mich und kassierte lieber jedes Mal eine Flirtniederlage bei ihr, als klein beizugeben. „Ich weiß, dass Du ein Womanizer bist und hier jeden zweiten Abend eine abschleppst, aber nicht mit mir!" Gab sie mir zu verstehen. Egal, ich gab nicht auf.

Eines Abends, nachdem wir wieder gnadenlos im Doppel Gäste zerstört und gute Getränke gewonnen hatten, kündigte Anush ihren Sieg an: „Heute werde ich Dich schlagen. Ich weiß es. Heute bist Du reif!" „Bla Bla. Ich zerstöre Dich wie jeden Abend." Gab ich neckisch zurück. „Mag sein, aber eine Runde werde ich gewinnen, Du wirst sehen." „Niemals!", konterte ich. „Wetten doch?", ertönte aus ihrem Mund.

„Um was willst Du wetten?", ertönte aus meinem. „Ich wette, dass ich Dich heute einmal besiege. Einmal aus 6 Spielen." „Ich wette dagegen. Schaffst Du nicht", war meine trotzige Antwort. „Gut, um was wetten wir?", fragte ich sie. „Wenn ich gewinne, wirst Du endlich aufhören mit Deinen Anmachen. Ich werde nicht schwach.

Ich weiß, Du versuchst es mit Andeutungen und Blicken immer wieder, ich bekomme das sehr wohl mit, aber meine Antwort kennst Du: Nein! Kapiere es endlich und flirte lieber mit denen, die Ja sagen." Ich überlegte. „Okay, versprochen", sagte ich. „Wenn Du mich heute einmal besiegst, höre ich auf damit und sehe es ein."

„Nichts für ungut", lächelte sie, „das ist nichts gegen Dich. Du bist ein attraktiver Typ und unter anderen Umständen wäre es sogar denkbar für mich, aber als ich in den Club kam, habe ich mir geschworen, nicht das typische Animationsleben zu führen, sondern auf diese Scheinwelt zu verzichten." „Habe verstanden", nickte ich. „Danke", hauchte sie und fragte nach meinem Wettwunsch für sie. Der war sowas von klar: „Wenn ich Dich heute 6:0 Matches besiege, gehörst Du eine Nacht mir."

„Hahaha", lachte sie und schüttelte ihre Mähne. „Du bist ein Komiker. Da erkläre ich Dir ausführlich, dass das nicht drin ist, aber der Kerl gibt nicht auf. Das ist schon ziemlich frech." „Ich soll Deinen Wettwunsch akzeptieren, und Du meinen nicht?", fragte ich genervt. „Denk Dir was anderes aus, aber diesen Einsatz mache ich nicht mit." Ich kannte ihren Ehrgeiz und mir fiel ein schändliches Angebot ein: „Pass auf, ich besiege Dich 6:0 Spiele mit nur einer Hand." Wieder lachte sie laut und konnte sich kaum bremsen. „Du hast sie ja nicht alle! Mit einer Hand willst Du 6 Spiele gegen mich gewinnen?

Unmöglich! Wenn Du mit einer Spielhand zockst, gewinne ich alle 6 Spiele." „Ich bleibe dabei", schoss es selbstsicher aus mir heraus, „ich besiege Dich 6:0 Spiele mit nur einer Hand. Solltest Du 1 Spiel für Dich entscheiden, hast Du die Wette gewonnen und ich flirte Dich nicht mehr an, versprochen." „Gut, so soll es sein, ich hätte nicht gedacht, dass es nun doch so einfach ist, Dich mundtot zu kriegen."

„Aber sollte ich mit einer Hand 6:0 Spiele gegen Dich gewinnen, gehörst Du für eine Nacht mir." Nach 10 Sekunden Schock über meine Dreistigkeit kicherte sie erneut los, dann wurde sie ernst und schaute mich fast aggressiv an: „Du bist unverschämt. Was glaubst Du, wer ich bin? Eine Nutte?"

„Nein", lächelte ich freundlich, „aber eine Sportlerin mit Ehrgeiz und Können. Und als Sportfrau solltest Du fair eine Wette annehmen, wenn Du überzeugt von Deinen Fähigkeiten bist, die Du ja auch hast. Du sagtest selbst, mein Sieg sei unter diesen Umständen unmöglich. Dann hast Du nichts zu verlieren." Anush kam ins Nachdenken. „Nein, das mach ich nicht." „Pass auf", ging ich ins Volle, „ich spiele mit meiner schwächeren, der linken Hand." Da horchte sie auf.

„Du mit Deiner linken Hand gegen meine beiden?" „Ja", antwortete ich, „und ich wette, dass ich Dich mit meiner schwächeren linken Hand 6:0 Spiele besiege. Solltest Du mit beiden Händen auch nur 1 Spiel für Dich entscheiden, hast Du unsere Wette gewonnen. Und ich flirte Dich nicht mehr an! Sollte ich Dich aber mit Links 6:0 Spiele besiegen, gehörst Du eine Nacht mir." „Deal", schlug sie ein.

„Da ich die Wette schon gewonnen habe, kann sie ruhig gelten. Es ist unmöglich, dass Du mich mit einer Hand besiegen kannst. Niemals! Eher geht die Welt unter." „Gut, dann haben wir einen Deal. Los geht′s!", eröffnete ich das Spiel. Ich hatte noch nie nur mit einer Hand gespielt, warum auch, da musste ich jetzt durch. Ich hatte Probleme und lag schnell 0:3 hinten. Anush genoss die Führung. Sie spielte gut, konzentriert und sicher. Trotzdem fand ich ins Spiel und verkürzte zum 2:3.

Anush knallte mir 3 Fernschüsse rein. 2:6. So schnell konnte ich nicht umgreifen, mein Torwart war verwahrlost. Ich konzentrierte mich mehr und erzielte schöne Tore aus der Mittelreihe. Kurz darauf stand es 6:6. Anush ärgerte sich: „Das kann gar nicht sein". Ich ging in Führung, 8:6. Sie verkürzte und glich auf 8:8 aus. Mit Glück gelang mir ein kurioses Kick-Tor, dann der Siegtreffer. 10:8. Ich hatte mit meiner schwächeren linken Hand die beidhändig spielende Anush besiegt.

„Na gut, der erste Satz geht an Dich, aber jetzt bist Du dran", griff sie an. Wieder ging sie in Führung. 0:2 aus meiner Sicht. Ich konterte mit unhaltbaren Schüssen des Sturms und ging 5:2 in Front. Diesmal war ich megastark und holte mir jeden Einwurf. Wenige Minuten später war der zweite Satz Geschichte, ich gewann beeindruckende 10:4. „Na, jetzt schaust Du doof." „Ich zeige Dir, wie schön Verlieren ist", fauchte sie und startete Satz 3. Ich ging in Führung mit 3:0, doch sie überholte mich auf 3:6. Dann sogar 3:7. Jetzt wurde es eng.

Ich zeigte ihr einen neuen Trick und schoss 3 Tore am Stück. „Du Drecksack, wie machst Du das?!", fluchte sie und versuchte, schneller als ich zu sein. Ich glich auf 7:7 aus und ging in Führung. 9:7. Ihr Billardtor kam zu spät, denn der nächste von mir war drin. 10:8 hatte ich es ihr erneut gezeigt. Ich war stolz auf mich und jubelte nicht nur innerlich.

„Bald gehörst Du mir", starrte ich sie an und steckte meinen Zeigefinger in den Kreis der anderen Hand. Das Fick-Symbol. „Quatsch mit Soße!", kreischte sie. „Ich fege Dich von der Platte. Ich habe Dein Spiel studiert und werde Deine Schwächen eiskalt bestrafen." Sie versuchte es, aber schaffte es nicht. Der 4. Satz war ausgeglichen, aber im entscheidenden Moment legte ich einen Zahn zu und versenkte die wichtigen Schüsse in ihrem Tor. „Verdammte Scheiße, das gibt´s doch nicht!", zürnte sie den Apparat an und trat ihn. „Hey, der kann nichts dafür."

„Ich muss meine Aggressionen rauslassen, lieber ihn als Dich treten", antwortete sie. Recht hatte sie. Bevor Satz 5 startete, provozierte ich sie: „Nur noch 2 Runden, dann ist es vorbei. Da Du mir dann gehörst, darf ich entscheiden, was wir alles treiben", grinste ich. „Ich verspreche Dir: Ich werde voll und ganz auf meine Kosten kommen, Du ebenfalls." „Dir treibe ich Deine perversen Sex-Fantasien noch aus, Freundchen", drohte sie und warf zu Runde 5 ein. Ihr Gedankenkino war mächtig, denn in diesem Satz bekam sie nicht viel gebacken. Sie gab sich zwar große Mühe, doch machte Leichtsinnsfehler und litt unter unkontrollierten Ballverlusten. Zu nervös war sie geworden.

Ich spielte souverän meinen besten einhändigen Tischfußball und vernichtete sie 10:2. Arme Anush. Das war hart. Genauso hart wie der Dong in meiner Hose mittlerweile. Anush war verzweifelt: „0:5, das kann doch nicht sein. Wieso kann ich diesen Penner nicht besiegen? Nicht mal, wenn der den einarmigen Banditen mimt. Mit welcher Magie hast Du mich belegt?"

„Mit der Gier, Dich endlich zu haben", drückte ich mich charmant aus, „nach all den Wochen des Abblitzen-Lassens, das habe ich mir verdient, dafür gebe ich." „Mich wirst Du nie gewinnen, jetzt zerstöre ich Deine Träume", hob sie ihre Faust und atmete durch. „Jetzt geht es ums Ganze! Mir viel Glück und Dir viel Pech." Wie unsportlich ist denn das! Egal. Typisch Frau halt. Dann bestrafe ich sie mit einem weiteren Sieg.

Doch dieser rückte in weite Ferne, denn Anush spielte ihr bestes Kicker. Schnell stand es 0:2 und 0:4. Sie erhöhte auf 0:6. Sie war auf der Gewinnerstraße und triumphierte schon. Ich musste mein Spiel ändern und überraschte sie mit neuen Spielzügen und Toren aus Winkeln, die eigentlich nicht möglich sind.

Sie staunte. Schon stand es 4:6. Doch sie war am Zug und schoss 2 Tore. 4:8. Komm schon, Junge, jetzt alles geben! Ein Glückstor half mir zurück. Noch so ein kurioses Ding, diesmal ihr Fehler. 6:8. Dann ein Hammertor von Anush, 6:9. 3 Satzbälle und Matchbälle für unsere Wette. Mit Können wehrte ich ihren Torschuss ab und setzte mit meiner Abwehrreihe einen Torschuss nach, der böse einschlug bei ihr. 7:9. Das 8:9 fiel blitzschnell, direkt mit der ersten Ballberührung überraschte ich sie. Anushs Hände zitterten. Sie war aufgeregt. Ich erregt.

Als es wild hin und her ging, verblüffte ich sie mit einem langsamen Kullertor-Trickschuss von links außen. Damit hatte sie nicht gerechnet. 9:9. Was nun? „2 Tore Vorsprung oder nächstes Tor zählt?", fragte ist. „Das nächste zählt", antwortete sie fix und warf ebenso fix ein. Noch fixer knallte ich ihr den Ball rein. Tor! Gewonnen! „Was ist los?", stellte sie mich zur Rede, „wir hatten doch 2 Tore Vorsprung ausgemacht, Du hast noch nicht gewonnen." Ich korrigierte sie, doch sie ließ nicht mit sich reden. „Du musst Dich verhört haben, ich sagte 2 Tore Vorsprung."

Okay, dann bestrafe ich das Luder doppelt so hart. Der letzte Ball war ein wilder, plötzlich lag er in ihrem Gehäuse. Anush suchte nach einer Ausrede, doch sie fand keine. Ich blieb still und fixierte sie. Sie rang nach Fassung und schluckte tief. Dann schaute sie mich an. Genau in die Augen. Sie streckte mir ihre rechte Hand entgegen, nahm meine, schüttelte diese und gratulierte mir: „Glückwunsch, Du hast gewonnen."

Mehr brachte sie nicht heraus. Ich blieb Gentleman und ruhig. Ich hätte meinen Sieg auch laut herausschreien können, aber das wäre unsportlich gewesen. Würde sie ihr Wort halten, ihre Wette einlösen und mir die Nacht schenken? Trotz ihres selbstauferlegten halbjährigen Fick-Verbotes? Ich war gespannt.

Die Bar war fast leer, sie bestellte sich bei Jeff einen „Sex on the Rocks" und schlürfte ihn seelenruhig aus. „Komm", sagte sie und lief los. Ich hinterher. Sie führte mich in ihr Zimmer, A221. Ich wohnte in A113, alle Animationsbuden waren gleich. Ich hatte ein Zimmer für mich allein, Anush auch. Dann drehte sie sich zu mir um: „Ich weiß nicht, wie Du es geschafft hast, mich einhändig sechsmal am Stück zu besiegen.

Es ist unfassbar, aber Wettschulden sind Ehrenschulden. Du hast gewonnen, ich gehöre die Nacht Dir. Aber nur diese eine Nacht." Ich nickte und setzte mich aufs Bett. Ich hatte Respekt vor ihr und Angst, etwas falsch zu machen. Überrollen wollte ich sie nicht, schließlich wusste ich ihr „Opfer" zu schätzen. Sie hatte es Hunderte Male erwähnt, dass sie nicht so eine sei und mit niemandem hier ins Bett gehe. Nun ja, das änderte sie nun gleich. Immer noch kopfschüttelnd zog sich Anush die Schuhe aus und warf sie ins Eck. Dann stiefelte sie ins Bad und knallte die Tür. Ich hörte sie fluchen:

„Verdammte Scheiße! Aaaah! Warum nur? Wie konnte das passieren? Wie konnte ich mich auf diese Scheiß-Wette einlassen? So ein Dreck jetzt!" Dann ertönte die Dusche und ich hörte nicht jugendfreie Sprache. Ich war traurig, denn Sex soll ja Spaß machen. Normalerweise reißen sich Mädels und Frauen darum, mit mir eine Nacht zu verbringen. Das Verhalten von Anush gefiel mir gar nicht. Soll ich bleiben und sie ficken, während sie mich unglücklich, genervt, gelangweilt oder wütend an- oder wegschaut, vielleicht beschimpft dabei, oder soll ich lieber die Fliege machen?

Ich entschied mich für das Insekt. Neben ihrem Bett sah ich einen Notizblock plus Stift, ich schrieb: „Liebe Anush, Deine Flucherei zeigt mir, dass es besser ist zu gehen. Schade, ich hatte mich sehr auf die Nacht mit Dir gefreut. Aber wenn Du absolut keine Lust auf mich hast, macht es keinem Spaß. Danke für das spannende Spiel. Schlaf gut."

Diesen Zettel legte ich ihr aufs Bett und verschwand. Als ich in meinem Zimmer ankam, klingelte das Telefon Sturm, doch ich hob nicht ab. Es konnte nur Anush gewesen sein. Ich duschte und legte mich schlafen. Nach 20 Minuten Gebimmel war endlich Ruhe und ich schlief ein.

Am nächsten Morgen sah ich Anush beim Teammeeting. Sie fixierte mich die ganze Zeit, während wir mit unserem Teamleiter die Tageseinsätze besprachen. Ihr Blick durchdrang mich. Er war nicht bösartig oder aggressiv, auch nicht freundlich oder herzlich, ich konnte ihn nicht einordnen. Als Anush den Probenplan verkündete, fiel mein Name. Ich war geladen für eine Extra-Tanzsession für Mamma Mia um 13 Uhr.

Als das Meeting zu Ende war, verduftete ich an die Bar. Dort fand ich mit Markus und Anita, einem lieben Gästepaar, ein nettes Gespräch. Anush war mir gefolgt, doch konnte nicht stören, da ich im Dreier war. Gäste haben Vorrang. Schon war es 10 und mein erster Programmpunkt stand an: Boccia. Bis 11 Uhr. Dann Volleyball bis 12:30 Uhr. Mein Mittagessen schmeckte mulmig. Was hatte Anush vor?

Als es kurz vor knapp war, schleppte ich mich ins Theater, wo Anush mit ihren Händen in den Hüften auf mich wartete. Wie erwartet war außer uns niemand da. „Warum bist Du gestern abgehauen?", schoss sie mich an. „Habe ich Dir geschrieben", konterte ich. „Weil Du geflucht und mir vermittelt hast, dass Du Dich absolut opferst, die Nacht mit mir verbringen zu müssen." „Na und?", zuckte sie. „Ich darf fluchen so viel ich will, da musst Du doch nicht gleich Deinen Schwanz einziehen und die Fliege machen."

„Weißt Du, wenn ich Sex mit Frauen habe, dann freuen die sich darauf. Ich habe allein hier schon Dutzende Frauen gehabt, Hunderte andere davor, alle haben sich ganz anders verhalten als Du, als es ins Zimmer ging." „Das ist doch etwas anderes", zwinkerte Anush, „die sind freiwillig mitgekommen, ich habe eine Wette verloren und musste meine Wettschulden einlösen." „Die kann man auch auf ehrenvolle Art einlösen, aber nicht so herabsetzend und stinkstiefelig, wie Du es getan hast. Das hat mich sehr verletzt.

Weißt Du, eine Frau hat es immer gut bei mir. Sie soll denselben Spaß mit mir im Bett haben wie ich mit ihr. Aber Diene Flucherei hat mich abgetörnt und sehr traurig gemacht. Es verlangt keiner, dass Du Dich in mich verliebst, aber ich hatte gedacht, dass Du das Beste daraus machst." „Dumm gelaufen", schüttelte Anush den Kopf. „Und wie geht´s jetzt weiter?"

„Lass uns tanzen. Du hast mich zum Tanzen einbestellt, nicht zum Reden. Zeig mir, was Du mir beibringen willst." „Damit ist unsere Sache aber nicht geklärt", schoss sie dazwischen. „Für mich schon. Ich verzichte auf Deinen Wetteinsatz, Anush. Du musst nichts tun, was Du nicht magst. Lass uns tanzen." „Wie Du willst", antwortete sie schnippisch und nahm mich hart ran.

Ich bin ein sehr guter Tänzer, doch musste mich Kritik stellen in dieser Probe. Sie demonstrierte ihre Macht und forderte mich immer wieder zu Wiederholungen auf, obwohl ich die Schritt-folge längst intus hatte. Ich ließ mir meinen Ärger nicht anmerken und blieb professionell. Hatte ich aufgegeben? Auf einen Frei-Fick mit Anush verzichtet? Nun ja, ich bin ein Frauenkenner und weiß, dass bei Damen wie Anush diese subtile Tour effektiver ist, als wenn ich auf den Fick bestanden hätte.

Spannung aufbauen und abwarten, was passiert, das ist der Reiz, der Frauen wie Anush lockt, wahnsinnig zu werden. Um 19:30 Uhr sah ich Anush beim Abendessen, wir saßen 3 Tische entfernt und ihre Augen waren auf mich gerichtet. Ihr Blick durchdrang mich. Runter das Ding und ab ins Theater. Dort zog ich mich für Mamma Mia um und musste mich erneut der Blickbeobachtung Anushs stellen. Ich tanzte top wie immer und die ganze Show erntete großen Applaus. Ich zog mich um und begab mich auf den Weg zum Tischfußball-Tisch, wo die Gäste schon auf mich warteten.

Wie immer war ich zu stark und gewann. Auch wie jeden Abend kam Anush dazu. Sie traute sich tatsächlich her, ein mutiges Weib. Ich spielte allein weiter und ließ sie stehen. Bis ein Gast sagte: „Jetzt Doppel. Robins gegen Gäste." Da musste ich sie ranlassen. Anush stieg mir erstmal „unabsichtlich" auf meinen Fuß. Das tat weh! Das war pure Absicht! Ich zuckte und brummte ein „Ah!" heraus. Die Gäste fragten mich, was los sei. „Ich habe mich gestoßen", verharmloste ich ihre Attacke.

Blödes Ding, was soll das, dachte ich. Egal. Jetzt wird gespielt. Wie jeden Abend blieben Anush und ich im Team ungeschlagen und zockten alle Gäste-Duos vom Tisch, bis es 0:30 Uhr war. Als wir alleine waren, schaute ich auf die Uhr und drehte mich um, um zu gehen. „Was ist los?", rief mich Anush an. „Ich bin müde, gehe schlafen", brummte ich.

„Was soll der Scheiß? Was ist mit unseren 6 Runden?" „Heute nicht, keine Lust", brummte ich und ließ sie stehen. Ich verschwand in meinem Zimmer und grinste mir einen, da ich wusste, wie sehr ich sie damit gereizt hatte. Schon klopfte es an meine Tür, immer lauter. Ich ignorierte und ließ die Dusche laufen. 10 Minuten lang. Als ich sie abdrehte, klopfte es weiter.

Ich wieder Dusche an und diesmal 20 Minuten lang. Gleichzeitig lag ich auf dem Bett und schaute leise TV. Als ich das Wasser sparte, war kein Klopfen mehr da. Geschafft. Jetzt schlafen. Am nächsten Tag rempelte mich Anush fast über den Haufen. „Unabsichtlich" natürlich. Ihr nicht vorhandenes „Sorry" war eine klare Botschaft. Im Meeting saß sie mir gegenüber, sie sah verweint und schlaflos aus. Mitgenommen und gedemütigt.

Jetzt hatte ich sie, wo ich sie haben wollte. Sie schien gebrochen. Der Probenplan sah mich für ein Extra-Tanztraining vor. Diesmal Dirty Dancing. Ich ging Anush gut aus dem Weg, bis es 13:30 Uhr war und ich im Theater eintraf. Wütend rannte sie auf mich zu und schubste mich. „Du Penner! Noch nie hat mich ein Kerl so behandelt!", keifte sie mich an. „Wie habe ich Dich denn behandelt?", keifte ich zurück. „Abserviert hast Du mich, stehen gelassen, ignoriert, gibst mir das Gefühl, ich sei Dir keinen Fick wert, nicht hübsch genug, nicht geil genug! Das tut weh! Normalerweise reißen sich die Männer um mich, die hecheln mit hängender Zunge hinter mir her.

Du hast einen Frei-Fick bei mir gehabt und den einfach sausen lassen! Und machst keine Anzeichen, den Dir abzuholen. Nicht mal bestehen tust Du darauf, was Dein gutes Recht ist. Du behandelst mich wie eine Aussätzige!" „Moment mal", griff ich ein, „Du verdrehst die Tatsachen, Anush. Eine Frechheit sowas! Ich habe Dich für eine Nacht gewonnen, fair am Kicker-Tisch. Und Du – anstatt mir diese schöne Nacht zu geben – behandelst mich wie den letzten Dreck und fluchst die ganze Zeit vor Dir hin, so, dass ich alles hören kann, wie Scheiße das sei und wie wenig Bock Du auf mich hast.

Das hat nichts mit Spirit und Sportgeist zu tun!" Anush war erregt und hatte einen hochroten Kopf, schon fuhr sie fort: „Was glaubst Du, wer Du bist?! Amor, dem jede Frau verfällt?" „Tut mir Leid, Anush, ich wollte Dich weder kränken noch verletzen", lenkte ich ein, „ich finde mein Verhalten fair.

Ich hätte auf den Sex mit Dir bestehen können, aber es macht mir keinen Spaß, wenn Du Dich so verhältst. Ich finde Dich echt zuckersüß und spiele seit Wochen mit dem Gedanken, wie es ist, Dir nahe zu sein, Dich zu küssen und Sex mit Dir zu haben.

Ich genoss jeden Abend, wenn wir kickerten, Deine Nähe. Ich weiß, dass alle Typen hier auf Dich stehen und dass Du dem Sex hier abgeschworen hast. Umso mehr freute ich mich, als Du die Wette mit mir eingegangen bist, was mir signalisierte, dass Du zumindest die Option, Sex mit mir zu haben, gezogen hast. Eine Wette kann nur 2 Ausgänge haben: Man gewinnt oder man verliert. Du musstest beide Varianten ins Kalkül gezogen haben, bevor Du einschlugst. Was glaubst Du, wie glücklich ich war, als ich Dich einhändig sechsmal am Stück besiegen konnte und wusste, mein Wunsch geht endlich in Erfüllung.

Umso größer die Enttäuschung, als Du mich so gemein behandelt hast. Was glaubst Du, wie ich mich gefühlt habe? Ich ging davon aus, dass Du zu Deinem Wort stehst und mir eine schöne Nacht mit Dir schenkst. Dann Dein seltsames Verhalten. Würdest Du gerne Sex mit einem Kerl haben, der herumflucht und Dir zu verstehen gibt, dass er das gar nicht möchte?" Anush war ruhig geworden. Ich machte weiter:

„Ich kann hier jede Frau und jedes Mädchen haben im Club. Das habe ich bisher so getan und werde es weiter so tun. Mir Dir war es etwas Besonderes. Da hat sich enorm Spannung aufgebaut, ich hatte mich so auf die Nacht mit Dir gefreut. Ich mag Dich echt gern, Anush. Ich möchte Dich nicht bestrafen mit meinem ablehnenden Verhalten oder mich bei Dir rächen, ich ziehe mich aus Selbstschutz zurück. Deine Verletzung hat gesessen, darüber muss ich erst hinwegkommen.

Mehr möchte ich dazu nicht sagen. Thema beendet. Ich verzichte auf die Einlösung Deines Wetteinsatzes. Du bist mir nichts mehr schuldig, Anush. Lass uns tanzen. Was erwartest Du heute von mir für Dirty Dancing?" Anush war bewegt von meiner Ansprache und schluckte. Ihre Körpersprache war verzweifelt, ihr Blick traurig und reumütig. Doch mutig genug, das mir ins Gesicht zu sagen, war sie nicht. Noch nicht.

Der Tanz, den ich lernen sollte, war ein sehr erotischer. Anush spielte mir ein Video vor, dann versuchten wir die ersten Schritte. Dabei drückte sie sich an mich heran und war mit ihrem Gesicht nah an meinem. Ich konnte ihren Atem spüren, ihre Augen blickten tief in meine. Da wusste ich, ich habe sie! Geknackt, wie eine reife Melone.

Die Zeit verging und ich musste los zu meinem nächsten Programm. Da wir nicht alles geschafft hatten, legte sie eine Nachtprobe mit mir fest. Ich war gespannt. Anush war extrem lieb zu mir und wir setzen die Probe fort. Wieder drückte sie sich eng an mich und signalisierte mir ihre Bereitschaft auf mehr. Als wir einen Tanzschritt beendet hatten und uns zueinander eindrehten, traute sie sich endlich:

„Du, ich möchte mich bei Dir entschuldigen. Ich wollte Dich nicht verletzen. Ich mag Dich sehr und es tut mir leid, dass ich mich an besagtem Abend so doof verhalten habe." „Alles gut, Anush", ging ich ins Wort, „Du brauchst Dich nicht mehr zu entschuldigen, Thema beendet." „Für mich nicht", antwortete sie. „Als ich die Wette eingegangen bin, war ich mir des Risikos bewusst, und habe die Wette angenommen. Ich hielt es zwar für ausgeschlossen, dass Du sie gewinnst, aber möglich war es.

Es hat mich überrumpelt, dass Du es geschafft hast. Und meinen Schwur zu brechen, fällt mir nicht leicht. Das ist mein Problem. Ich halte mich immer an meine Regeln. Und die muss ich brechen für Dich. Es ist mein Problem, nicht Deines. Ich habe meinen Zorn an Dir ausgelassen, weil ich mit mir nicht klarkam. Dafür möchte ich mich entschuldigen."

„Ist angekommen", dankte ich ihr und nahm sie in den Arm. „Alles wieder gut?", fragte sie mich. „Ja", antwortete ich. „Schluss für heute, lass uns kickern", schlug sie vor, „die Gäste warten schon." In der Tat kickerten die wie blöd und hießen uns Champions willkommen am Meistertisch. Im Doppel zerstörten wir alle Herausforderer, bis es 0:45 Uhr war. „Duell?", fragte Anush. „Gerne", grinste ich. Nach meinem obligatorischen 6:0-Satz-Sieg drückte ich ihr ein Bussi auf die Wange: „Gute Nacht, Anush". Als ich gehen wollte, hielt sie mich am Arm fest:

„Wenn Du magst, kannst Du Dir Deinen Wettgewinn holen." „Welchen?", stellte ich mich dumm. „Wir haben heute um nichts gespielt." „Den, der Dir zusteht", lächelte mich die Anush an. „Lieb von Dir, aber ich möchte nicht, dass Du etwas tust, das Du nicht möchtest." „Wer sagt, dass ich es nicht möchte? Mein Verhalten hatte mit mir zu tun. Ich stehe dazu: Das halbe Jahr hier werde ich keinen Sex mit Typen haben. Eine Frau kann selbst Hand anlegen.

Du darfst meine Ausnahme sein." „Aber ich möchte nicht, dass Du es tust, nur um Deine Wettschulden einzulösen. Die existieren nicht mehr." „Ich tue es, weil ich es möchte!" Dieser Satz überzeugte. „Ich werde Dir eine wunderschöne Nacht schenken. Wir werden heute Nacht zusammen genießen." „Na gut", nickte ich und ließ mich abschleppen. Sie verschwand im Badezimmer. Gott sei Dank hatte ich am Folgetag frei, konnte ausschlafen. Anush hatte auch frei, was sie wohl so eingerichtet hatte, da sonst der Freitag ihr freier Tag war. Sie hatte es geplant. Luder! Als sie in BH und String aus dem Bad kam, stockte mir der Atem. Zum ersten Mal sah ich mehr von ihr.

Anush zeigte sich sonst auch sehr sexy, ich sah sie oft in der Umkleide beim Umziehen. Sie hatte ihre Haare zusammengebunden und kniete vor mich aufs Bett. Dann zog sie sich ihren Halter aus und hielt mir ihre bilderbuchschönen Titten vor die Nase. In meiner Hose war längst ein Steifer. Der musste warten. Ich hatte auch geschwitzt den Abend und wollte mich duschen, also unterbrach ich ihren Kuss für das Badezimmer. Zurück kam ich mit Handtuch bekleidet, das Anush mir wegriss und mich spielerisch auf das Bett schubste.

Die Tigerin war soweit, ihre Wettschulden einzulösen. Sie gehörte mir, eine Nacht lang. Und statt Fluchereien und Beschimpfungen gab es Zärtlichkeiten und Liebe. Sie küsste mich wild auf die Lippen und wanderte tiefer, bis sie nach 5 Minuten meinen Penis im Mund hatte. Blowjobs hatte ich zu diesem Zeitpunkt schon von über 500 Frauen bekommen, aber was die Anush mit mir anstellte, ließ mich neue Dimensionen der Lust erschließen. Im String kniete sie vor mir und befriedigte meine Lanze plus Bälle nach allen Regeln der Kunst.

Ihr Mund war warm und feucht, ihre Lippen rot, ihre Hände zärtlich und gleichzeitig griffstark. Nach 5 Minuten spürte ich das Erdbeben kommen. „Warte, sonst komme ich", warnte ich sie, doch Anush wollte genau das. Genial blies sie weiter, bis ich ihr Ladung für Ladung einschoss. Ich sah Vögel an der Decke. Anush lutschte weiter, bis er erschöpft zusammensank und gekrault werden wollte. Das tat sie dann. Ich atmete durch und küsste Anush. „Das war wunderschön, noch schöner als in meinen Träumen." Sie lächelte süß.

Während sie auf meiner Brust kuschelte, streichelte ich ihren Po, der formschön und trainiert war. Tänzerin. Von hinten rutschten meine Finger Richtung Spalt und Schamlippen, bis ich sie berührte. Anush stöhnte auf. Ich befreite mich aus der Umklammerung und küsste sie den Oberkörper hinab. Ihre Brüste waren ein Traum, ihre Brustwarzen härter als Metall.

Nun kam ich zu dem kleinen Stofffetzen, der ihren Gral bedeckte. Ich zog ihn mit meinen Zähnen weg und blickte auf eine blitzblanke Muschi mit sichtbarem Kitzler. Kein Haar hatte sich hier verirrt, es roch so gut da unten. Nach Küssen auf die Schamlippen 1 und 2 küsste ich ihre Stecknadel. Anush atmete wie eine Lok und drückte meinen Kopf in ihren Schoß. Ich leckte sie als Gott und bescherte ihr 3 Orgasmen nacheinander. „Und, war das jetzt so schlimm mit mir?", zwinkerte ich. „Im Gegenteil, es war und ist wunderschön mit Dir", strahlte mich Anush an, „daran könnte ich mich gewöhnen."

Nachdem wir beide 20 Minuten kuschelten, spürte ich ihre Hand wieder an meinem Dong. Sie knetete ihn. Schnell war er vollsteif. „Magst Du mit mir schlafen?", hauchte sie mir ins Ohr. „Nur wenn Du das wirklich willst." „Sehr gern", küsste sie mich, aber ein Kondom hatte sie nicht. Aber ich. In weiser Vorahnung hatte ich 3 Stück eingepackt. Zärtlich drang ich von oben in sie ein und füllte sie mit meinen 15 cm. Sie fühlte sich fantastisch an! Ihre Haare waren nun offen und bedeckten das Kissen. Ich schaltete einen Gang hoch und begann zu ficken.

Anush liebte es und zog mich eng auf sich herunter. Ich schenkte ihr mittelharte Stöße und genoss den Fick. Dabei küssten wir uns. Es war so schön, dass wir jeglichen Stellungswechsel vergaßen. Immer weiter, bis ich kam. Mein Orgasmus war besser als jeder 6:0-Satz-Sieg über sie. Ich kam ultraheftig und dankte ihr für diese Erfahrung. Anush küsste mich und kuschelte sich an mich. So schliefen wir ein.

Wach wurde ich am nächsten Tag um 9 Uhr, als ich etwas Warmes an meinem Penis spürte. Es war Anushs Mund. Sofort war ich bereit! Sie wollte mir einen blasen und mich zum Orgasmus bringen. Als sie mit Daumen-Zeigefinger-Kreis wichste und mit der Zunge meine Eichel umkreiste, schoss es aus mir heraus und verteilte sich in ihrem Gesicht.

Genauso wollte sie es. Spermaüberflutet lächelte sie mich an und ging sich sauber waschen. Mir reichten gelbe Mentos. Dann schlürfte ich Anushs Pussy. Sie kam dreimal. Nach kurzer Pause fragte sie mich, ob ich noch Gummis dabei hätte. „Ja", nickte ich. „Dann möchte ich Dich reiten." Genüsslich schnallte sie mir den roten Umhang über und nahm auf mir Platz. Ihr Körper war so wunderschön, ihre Pussy pulsierte wie ihr Herzschlag.

Langsam fing sie an und ritt schneller, bis sie in Ekstase verfiel. Mein Penis war zu sehen, nicht zu sehen, zu sehen, nicht zu sehen, zu sehen, nicht zu sehen. Ganz schnell ging das. Ich genoss ihren Wahnsinnsritt und gab mein Sperma dankbar ins Gummi ab. Anush ritt weiter, bis sie 30 Sekunden nach mir aufstöhnte und zuckte.

„Ich bereue nicht, dass ich unsere Wette verloren habe", flüsterte sie mir ins Ohr. „Ich genieße es sogar!" „Ich auch", küsste ich sie auf die Lippen. Wir entschlossen uns, im Bett zu bleiben und unseren One Night Stand so lange wie möglich aus-zukosten. Als wir mittags wach wurden, fickten wir gleich wie-der. Diesmal Löffelchen und Doggy. Beides war klasse!

Ich kam als Hund von hinten. Am Nachmittag fuhren wir in die nächste Stadt und aßen zu Abend. Das Date war sehr romantisch. Anush war ein grandioser Fick und die Warterei hatte sich gelohnt. Später am Abend bediente sie mich mit einer Massage mit Happy End in ihren Mund. Ich revanchierte mich mit einer erotischen Massage mit Happy Ends durch meinen ta-lentierten Mund.

Am nächsten Tag mussten wir arbeiten. Nach der Show trafen wir uns zum Kickern. Wir zockten die Gäste ab, dann ich sie. Anush wollte mich erneut abschleppen, doch ich erklärte ihr, dass wir es bei dieser einen, abgemachten Sache belassen sollten. So geil der Sex mit ihr war, war mir bereits eine andere aufgefallen: Tina (19), die mit mir Volleyball spielte.

Sie stand auf mich, war bildhübsch und unkomplizierter als Anush. Anush war traurig, doch mein Entschluss stand. Wir beließen es bei der Einlösung der Wettschulden und blieben Freunde. Am Abend darauf fickte ich bereits Tina.

Ronda

Oh Mann, wenn ich daran denke, wie viele Mädels und Frauen ich bei Robinson hatte ... unfassbar! Eine davon war Ronda, meine Teammanagerin. Ich lernte sie an meinem allerersten Arbeitstag für die Robinson Company kennen. Ich kam als Sportler für die „Sports & Entertainment" Abteilung. Ich wurde von allen „Robins" herzlich empfangen. Auch von Ronda. Ich war damals 24 Jahre jung und in meinen besten sportlichen Jahren.

Ronda war 28 und eine erfahrene „Robinsonikin". Seit ihrem 18. Lebensjahr in diesem Karussell aktiv. Hatte sich zur Teamleitung hochgefickt bzw. hochgearbeitet. Im Ernst: Sie war eine Gute. Groß, 1,83 m, schlank. Dazu eine sexy Figur. Sehr sportlich. Und äußerst beliebt im Team. Ronda hatte den Ruf, eine exzellente Beach-Volleyball-Spielerin zu sein. Das erlebte ich an meinem zweiten Arbeitstag, da hieß es Robins vs. Gäste. 6 vs. 6. Ich fügte mich hervorragend ins Team ein und wir gewannen gegen alle Gäste-Teams.

Ronda und Isi waren die beiden Mädels im Robinson-Team. Isi spielte gut, Ronda war der Hammer. 10 Jahre Beach-Volleyball hinterlassen Spuren. Sie hatte enorme Sprung- und Schlagkraft, ein gutes Auge, Ballgefühl wie eine Hochseilartistin. Aber auch ich war nicht ohne. Als Supersportler zählte Volleyball zu meinen Stärken. Doch die Bedingungen am teils sehr windigen Stand Soma Bays waren nicht einfach.

Ich muss sehr gut gewesen sein bei meinem Einstand, denn so fiel das Lob von Ronda für mich aus. Die Schwarzhaarige tätschelte mir auf meine Schulter: „Echt gut!" Ich freute mich wie Herkules. In den nächsten Tagen lernte ich Ronda besser kennen.

Als Robin arbeitet man oft allein, aber auch häufig in Robin-Teams mit den Gästen. Dazu die Theater-Shows. Ich erfuhr von Ronda, dass sie solo war, aber ein Kind hatte: Abigail, 5. Vom Indianer D-Soho. Aus Abigail war längst eine Kriegerin geworden, sie wohnte bei Papa in den Staaten. Wenig bis kaum Kontakt. So kann man es auch als Mutter machen. Enjoy life! Auch ich lebte meinen Traum:

Hatte viel Spaß, viel Sport, viel Sex, wenig Schlaf. An einem Tag hieß es wieder Robins vs. Gäste, diesmal 2 vs. 2. Beachen. Ronda, die normal mit Jimmy spielte, hatte frei, also besetzte sie mich mit Jimmy. Die ersten beiden Duos besiegten wir knapp, Jimmy und ich harmonierten spielerisch nicht optimal zusammen. Aber es reichte. Im dritten Spiel knickte Jimmy um und schrie. Er hatte sich gezerrt und konnte sein rechtes Knie nicht mehr belasten.

Ich bot meinen Gegnern an, alleine gegen sie den Satz zu beenden. Die schauten blöd. Es stand 8:8. Der Satz ging bis 15. Beide Kerle lachten: „Okay, dann bekommst Du eine Abreibung." Das Angebot diverser Gäste, Jimmy zu ersetzen, lehnte ich ab. Es hieß ja Robins vs. Gäste. Da kein anderer Robin in Sicht war, wollte ich meinen Mann stehen. Und wie ich diesen stand! Ohne Jimmy blühte ich auf. Ich war flink wie ein Wiesel und durfte alleine alle 3 Ballkontakte ausspielen.

Meine Aufschläge waren platziert, damit punktete ich. Meine Annahmen sicher, ich stellte mir den Ball und schmetterte ihn ins Feld. Große Augen und offene Münder starrten mich an. Ich war selbst beeindruckt und gewann 15:11. Sensationell! Jimmy saß fußkühlend daneben und nickte. Next, please! Das Folge-Team fegte ich mit 15:5 Punkten vom Platz. Auch Team 5 hatte keine Chance und unterlag 9:15. Übermütig rief ich in die Runde: „Ich gewinne auch gegen 4 von Euch." Das wollten alle sehen, schnell hatten sich 2 4er-Teams gebildet.

Alleine gegen 4 Mann ist heikel, da muss alles passen. Ich erkannte die schwächeren Spieler und nutzte dies aus. Am Ende stand es 15:11 für mich. Und ich war noch nicht mal platt. Team 2 war stärker als Team 1. Sie führten 8:2, ehe ich eine andere Strategie auspackte. Nach 11:11 spielte ich 2 Asse, verlor 3 Bälle, wehrte einen Satzball ab und holte 2 Punkte zum Sieg.

What a fuck! Eine Legende war geboren. Gerne hätte ich gegen ein 6er-Team gespielt, aber die Zeit reichte nicht, die Theater-Probe stand an. Tags darauf war ich das Gesprächsthema im Club, nicht nur bei den Gästen. Meine Heldentaten hatten sich herumgesprochen. Ich erhielt 75 Prozent Anerkennung, 25 Prozent Neid. Nach dem Teammeeting schnappte mich Ronda: „Habe gehört, Du hast gestern den Helden gespielt.

Jimmy hat erzählt, dass Du nach seiner Verletzung im Allein-gang weitergemacht und gegen diverse Gäste-Teams gewonnen hast. Hut ab. Andererseits muss ich Dich verwarnen, weil das provoziert. Einige Gäste haben mich angesprochen, nicht böse, aber überrascht, weil Du nicht einen neuen Partner genommen hast." „Es heißt Robins vs. Gäste, daran habe ich mich gehal-ten", konterte ich. „Ich mache Dir auch keinen Vorwurf, aber so eine Show wird nicht von jedem gern gesehen."

Ich nickte und versprach, nicht nochmal so etwas abzu-ziehen. „Es sei denn, es wird von Anfang an so angekündigt", meinte Ronda. „Das könnten wir doch mal machen, zur Gaudi. Was meinst Du?" „Ja, wieso nicht", nickte ich mit. „Bin dabei." Am nächsten Tag stellte Ronda die Idee dem Team vor. Doch außer mir und Ronda war keiner bereit, sich alleine einem Duo-Gegnerteam zu stellen. Immerhin waren wir 2 Freiwillige. Ron-da und ich stimmten uns den Termin ab und setzten es auf den Plan: „Beachen – 1 Robin vs. 2 Gäste – Große Challenge!"

Wir hatten noch 2 Tage bis zum Event. Ronda meinte, es wäre klug, ein wenig zu trainieren. So trafen wir uns in der Abendpause von 18 bis 19 Uhr, um gemeinsam zu trainieren. 1 vs. 1. Es ging um Gefühl, Geschwindigkeit, Reflexe, Übersicht, und darum, 3 Ballkontakte alleine durchzuführen, sich selbst anzuspielen und abzuschließen. Die Trainingseinheit war hart. Wir spielten ohne Punktewertung, doch gefühlstechnisch mach-te ich mehr Scores als Ronda. Dann kam der Tag der Wahrheit.

6 Gäste-Duos hatten gemeldet. Für jeden 3. Es wurde gelost. Ronda erwischte 2 große gute Beacher, die sie 15:8 be-siegten. Ronda war nicht traurig, es war klar, dass sie keine Chance gegen diese Kerle hatte. Dann ich. Ich musste mich gegen ein gemischtes Doppel beweisen. Ich ging durch präzise Aufschläge in Führung und hielt diese bis zum Ende. 15:10 hieß es am Schluss. Ronda staunte.

Nun war meine hübsche Kollegin wieder dran. Diesmal traten 2 Männer Ü-40 gegen sie an. So trainiert sie auch waren, Ronda war mit ihren 28 agiler und dominierte das Match nach Strich und Faden. Die beiden Herren gingen mit 6:15 unter. Mein zweites Match war hart. Ich musste gegen 2 Ladies ran, die exzellent beachten, Vereinsspielerinnen.

Ich wehrte mich nach allen Regeln meiner Kunst, doch es reichte für mich nicht zum Sieg. Sie harmonierten als eingespieltes Team hervorragend. 11:15 aus meiner Sicht. Aber ich konnte mir keinen Vorwurf machen. Nun war Ronda 3 dran. Ihre Gegner, 2 Teenager-Boys zwischen 16 und 19, waren sehr gut. Aber Ronda war besser. Nach 15 Minuten hieß es 15:9 für die sportliche Schwarzhaarige. Mit positiver Bilanz ging sie vom Platz. Ich zog nach. Auch meine Bilanz hieß 15 Minuten später 2:1, da ich meine Herausforderer, die zugegebenermaßen nicht die besten Player waren, mit 15:4 zerstörte.

Gesamtbilanz: Robins 4 vs. Gäste 2. Nach der Show suchte mich Ronda auf, um das sportliche Event Revue passieren zu lassen. „Da haben wir´s denen aber gezeigt", lächelte sie und umarmte mich. Hier spürte ich zum ersten Mal ihre formschönen, festen Titten. „Muss schon sagen, Du hast megastark gespielt", lobte sie. „Du auch", lobte ich zurück. „Wer, denkst Du, hat besser gespielt heute – Du oder ich?", fragte sie plötzlich. Eine heikle Frage, doch meine Antwort stand: „Na, ich." Ronda lachte: „Bei Deinem Ego war das die einzige Antwort."

„Siehst Du das anders?", fragte ich. „Ja, ich denke, dass ich stärker bin als Du." „Soso", murmelte ich, „dann steht Aussage gegen Aussage." Die nächsten Tage herrschte komische Stimmung zwischen uns. Wir redeten kaum ein Wort miteinander, dafür waren die Blickkontakte intensiv. Sie grübelte. Ich grübelte. Dann sprach sie mich konkret an: „Pass auf, ich möchte herausfinden, wer der Bessere von uns ist. Ich fordere Dich heraus. Kneifen gilt nicht." „Ich nehme an", pflichtete ich ihr bei. „Um was spielen wir?" „Na, um Platz 1", meinte sie.

„Das reicht nicht. Lass uns um etwas wetten, um einen Einsatz. Wenn ich Dich besiege, bekomme ich einen Extra-Tag frei." „Okay. Wenn ich aber gewinne, verlierst Du einen freien Tag." „Klingt fair", schlug ich ein. Wir vereinbarten „Best of 3", also wer zuerst 2 Sätze für sich entscheidet, ist Sieger.

In unserer Pause legten wir los. Ronda gewann den ersten Satz, ich den zweiten und dritten. Zwar war alles knapp, aber Sieg ist Sieg. Ich bekam einen Extra-Tag frei. Ronda gratulierte mir fair, bestand aber auf Revanche. „Okay, aber diesmal ein anderer Wetteinsatz.

Wenn ich gewinne, bekomme ich von Dir eine Sieger-Massage nach dem Spiel." Ronda schaute mich verdutzt an und lachte. „Aber wenn ich gewinne, bekomme ich eine Massage von Dir." Deal. Ich hatte, was ich wollte. Den Kick, alles zu geben. Unser zweites Duell war intensiver als das erste. Ronda spielte bärenstark. Ich musste mein bestes Beachen beachen, um sie in die Knie zu zwingen. 15:12, 13:15 und 17:15 hieß es am Ende für mich. Ronda fluchte, hatte sie doch 2 Matchbälle vergeben. Ich nutzte meinen ersten. Nach 0 Uhr verschwanden wir in mein Zimmer, wo ich mich duschte und in einem Handtuch auf mein Bett legte.

Ronda zog sich bis auf ihre U-Wäsche aus. Dann ging das Licht aus. Verdammt! Egal, ich genoss, wie meine Chefin mich massierte. Sie pflegte meinen Rücken, meine Beine, meine Schultern und Arme. Den Po ließ sie aus. Schade. Ich war schon mächtig erregt und hoffte auf mehr, doch mehr gab es nicht. Nach 20 Minuten beendete Ronda ihre Massage mit einem Klaps auf meinen Hintern und zog sich wieder an. „Hey, was ist mit vorne?", rief ich ihr zu. „Schlaf gut, Playboy", küsste sie mich auf den Hinterkopf und ging. Ich holte mir schnell eine Ronda runter und schlief gut ein.

Ronda bat mich am nächsten Tag um eine Revanche. „Ich werde Dich besiegen." „Wenn nicht, bekomme ich die ausstehende Massage vorne", konterte ich. „Wenn ich gewinne, bekomme ich dieselbe Rückenmassage, die ich Dir gegeben habe, von Dir." Einverstanden.

Diesmal war Ronda unbezwingbar. In 2 Sätzen schlug sie mich. War nicht mein besserer Tag. 9:15 und 8:15 war eine klare Sprache. Ich musste bzw. durfte sie massieren. Am späten Abend klopfte ich bei ihr und durfte eintreten. Ronda zog sich vor mir bis auf ihr schwarzes Höschen aus und legte sich hin. Ich hatte ihre Brüste gesehen! Wunderschön waren die!

In Unterwäsche machte ich es mir gemütlich und beschenkte sie mit einer schönen Rückenmassage. 40 Minuten verwöhnte ich sie. Ihren Po, der durch den String frei war, massierte ich mit, sie hatte nichts dagegen. Als ich zwischen ihre Beine wollte, blockte sie und ermahnte mich. Ich zog zurück. Mein zweiter Versuch wurde ebenso beendet: „Hey, da nicht!"

Okay. Paar Minuten später zog ich mich an, küsste sie auf den Hinterkopf und ging. Das nächste Match hatte jenen Wetteinsatz: Ich würde eine Massage vorne gewinnen, sie eine halbstündige Fußmassage. Diesmal war ich wieder der Master. Ein glatter 2-Satz-Sieg, den ich landen konnte. 15:10 und nochmal 15:10. Ich freute mich riesig auf die frühe Nacht. In meinem Zimmer. Ich lag mit Handtuch über meiner Hüfte da und genoss Rondas sinnliche Massage. Sie war zärtlich und ihre Berührungen drückten schnell den Lappen nach oben.

Der Eifelturm stand. Ronda sah das natürlich, ging aber nicht darauf ein. Das Spiel ging weiter. So quälte sie mich eine halbe Stunde, ehe sie – ohne meinen Penis gesehen oder durch das Handtuch berührt zu haben – die Massage beendete und mein Flehen auf mehr verweigerte. Diesmal gab es einen Kuss auf den Mund, das war´s. 2 Minuten später kam ich alleine.

Ich wollte unbedingt eine Dong-Massage von ihr, also war das mein Wettvorschlag für unser nächstes Duell: „Wenn ich gewinne, bekomme ich eine Massage von Dir mit Happy End. Da führt kein Weg dran vorbei nach dem Anteasern der letzten Male. Das hast Du Dir jetzt eingebrockt", grinste ich. Ronda grinste verschämt. „Wenn ich aber gewinne, wünsche ich mir eine einstündige Rückenmassage plus Fußmassage hintendran." „So soll es sein." Sie siegte. Ronda bekam ihre Rückenmassage mit Fußbelohnung. Diesmal durfte meine Hand etwas näher an die Wärme, doch im letzten Moment machte sie dicht.

Dann verwöhnte ich ihre Füße und verließ sie nach Kuss auf den Hinterkopf. Das nächste Duell sollte mir Erlösung bringen. „Du kennst meinen Wunsch", sagte ich. „Ja, ich weiß Bescheid. Wenn ich aber Dich besiege, bekomme ich dasselbe Programm wie letztes Mal von Dir, okay?" War für mich okay.

Ich spielte mein bestes Volleyball und erzwang nach einem verlorenen Satz mit einem siegreichen zweiten den entscheidenden. Dieser war ausgeglichen, aber ab 11:11 gab es kein Halten mehr. Ich schlug 3 Asse und beendete den Fight mit einem hart geschlagenen Schmetterball auf ihren Körper. SIEG! Ronda gratulierte mir fair für meine Superleistung. Paar Stunden später trafen wir uns. In meinem Zimmer. Ich legte mich auf den Bauch und ließ sie erst meinen Rücken massieren.

Das tat sie sehr zärtlich. Meinen Po streichelte sie diesmal auch. Nach 20 Minuten flüsterte sie: „Du darfst Dich umdrehen." Ich drehte mich um. Mein Schwanz benötigte kein Handtuch. Er stand wie eine Eiche und wartete auf Berührung. Ronda lächelte süß. Während sie meine Brust massierte, betrachtete ich dieses Supergirl: Ihr Gesicht war schön, ihr Blick reizvoll. Sie hatte große Augen, himmel-blau. Ihre Brüste standen wie eine Eins. Ich konnte sie sehen, sie massierte oben ohne. Sie waren sportlich geformt und hatten kleine Brustwarzen. Ihr Bauch war gut trainiert, in der Halbdunkelheit schimmerte ein Sixpack durch.

Ihr roter String hatte wenig Stoff, es reichte, um ihren Gral zu bedecken. Ihre Beine waren lang und schön, wie die eines Top-Models. Ich erkannte Tattoos an ihrer Hüfte links und am Oberschenkel links. Ronda streichelte immer tiefer Richtung Dong. Doch anstatt ihn in die Hand zu nehmen, spielte sie ihr Spiel weiter und kümmerte sich erstmal um meine Beine, vor allem die Oberschenkel. Mein Glied zuckte in vorfreudiger Erwartung auf den Grip. Dann endlich: Ronda berührte meinen Dong. Es fühlte sich göttlich an! Nochmal.

Und wieder. Auch meine Hoden. Geil!! Ronda grinste und blickvögelte mich. Ich blickvögelte mit ihr, musste aber immer wieder hinabsehen zu meinem Ständer, der mehr und mehr in ihrer Hand verschwand. Endlich begann sie sanft zu wichsen. Mit ihrer rechten Hand, ihrer Schlaghand, masturbierte sie mich in sinnlichem Tempo. Sie masturbierte mit Vorhaut, so mag ich es am liebsten.

Die Minuten vergingen, doch für mich stand diese Zeit still. Ronda war auf dem Weg, mir einen Hammer-Orgasmus zu besorgen. Sie merkte meine Anspannung und setzte zum Zielspurt an. Tiefe, schnelle Bewegungen waren es jetzt, die mich forderten. Der point of no fuckin´ return war unvermeidbar. Ich kam. Und wie!

Mit großer Hingabe spritzte ich ab. Mein erster Samenschuss flog hoch. Ronda staunte und stoppte kurz, doch ich rief: „Weiter, weiter!" Sie gehorchte und fand schnell in ihr Tempo zurück, während meine weiteren Ladungen ihr zeigten, wie es mir gefühlstechnisch ging. Als ich leer war, wichste sie immer noch weiter, bis ich ihre Hand stoppte.

„War das geil!", küsste ich Ronda auf den Mund. Kurzer Kuss, dann zog sie weg. Lust auf ein Nachspiel hatte sie nicht, schnell wusch sie sich sauber, zog sich an, küsste mich wortlos auf den Mund und ging. Eine seltsame Frau. Tags darauf wollte sie eine sportliche Revanche. „Wenn ich gewinne, bekomme ich dasselbe wie gestern." War mein Vorschlag. „Okay. Aber wenn ich gewinne, gehörst Du eine Nacht mir und erfüllst mir meine Wünsche." „Welche Wüsche denn?", fragte ich. „Hoffentlich nichts Perverses." „Lass Dich überraschen." Ich stimmte ein.

Nun ja, ich bin Sportsmann durch und durch. Immer auf der Suche nach dem Sieg. Verlieren mag ich nicht. Und trotzdem ist eine Niederlage manchmal ein Sieg. Allzu gerne wollte ich Ronda ihre mir noch unbekannten Wünsche eine Nacht lang erfüllen. Um diese Chance zu erhalten, verlor ich absichtlich. Ich spielte im ersten Satz mein bestes Volleyball, ließ sie den zweiten gewinnen und zog im dritten zurück, sodass sie siegreich vom Platz ging. Wir hatten noch Theater am Abend, aber danach barfrei, so trafen wir uns 23 Uhr in Rondas Zimmer.

Ich hatte mich schick für sie gemacht und klopfte in lässiger Shirt-Jeans-Kombo an. Sie öffnete niedlich und bat mich herein. „Heute Nacht gehörst Du mir. Du musst mir alle meine Wünsche erfüllen, ohne Wenn und Aber." „Ich werde mein Bestes geben, hoffe aber, dass Deine Wünsche auch schöne sind." Ronda legte los: „Putz das Bad!" „Wie bitte?" „Putz das Bad!" Ich zögerte. „Los!" Sie kommandierte mich echt um 23 Uhr ins Bad, um dieses mit vorbereitetem Schramm und Putzmittel auf den neuesten Stand zu bringen.

„Was soll der Scheiß?!", fragte ich erzürnt. „Frag nicht. Du hast versprochen, mir meine Wünsche heute Nacht zu erfüllen, und das ist einer davon." Ich schluckte. Recht hatte sie ja. Ich hatte unsere Wette verloren. Also wurde aus dem Womanizer ein Schrubber. Gedemütigt stampfte ich in ihr Badezimmer und legte los. Nach 10 Minuten schimmerte alles wie neu.

„Bitteschön", rotzte ich. War das Rache für die Vielzahl meiner gewonnenen Matches? Rache, weil sie mir einen runterholen musste? „Gut gemacht. Jetzt bügle meine Teamkleidung!" „Hä?", raunzte ich. „Meine Teamkleidung. Hier! Da, das Eisen!" Diese blöde Kuh nutzte ihre Powermacht-Position aus.

Ich ergab mich und bügelte ihre Tops und Shorts frisch. „Was nun?! Soll ich Deine Schuhe putzen? Dir ein Essen kochen? Die Nägel schneiden? Dir die Haare bürsten oder ein Fliegengitter anbringen?", fuhr ich sie randalierend an. Ronda schaute mich groß an. „Nichts davon. Aber Du kannst mich jetzt küssen." Ich war perplex. „Küss mich!" Endlich mal ein guter Auftrag. Ich ging auf sie zu. Stand ihr in Augenhöhe gegenüber. Blickte ihr tief in die Augen. Als sie ihre schloss, küsste ich sie. Kurzer Kuss. Sie blickte mich an. „Küss mich richtig!"

Ich küsste sie nochmal, zog aber bewusst wieder weg. „Knutsch mit mir!" diese Ansage war deutlich. Ich tat es nur zu gerne. Ich nahm ihr Gesicht in meine Hände und küsste sie leidenschaftlich. Auch mit Zunge. Ronda knutschte intensiv mit. 10 Minuten küssten wir uns so, stehend, bis sie den Knutsch beendete und durchatmete. Auch ich atmete tief durch, denn der Kuss war megaschön gewesen. Dann öffnete sie ihre Augen und schaute mich glücklich an. „Jetzt liegend."

Sie sprang auf ihr Bett und wartete. Ich hinterher. Auf ihr liegend bzw. abstützend küsste ich sie von oben. Wieder so intensiv, wieder 10 Minuten. Mit Zunge. Wow! Dann gab sie mir den geilsten Befehl: „Mach mir einen Orgasmus." „Wie magst Du es am liebsten? Mit Hand? Mit Mund?" „Mach so, wie Du es am besten kannst, solange Du das Ziel erreichst", war ihre Antwort. Schon damals war der Womanizer ein außergewöhnliches Frauen-Befriedigungs-Talent.

Romantisch zog ich ihr das Top aus und ihre Shorts. Dann küsste ich ihren Körper. Ihre Brüste, ihren Bauch, ihre Schenkel. Der kleine Stofffetzen war noch im Weg. Weg musste der! Mit den Zähnen schob ich ihn hinunter. Was ich sah, war wunderschön: Eine blanke Muschi! Die gut duftete. Lavendel.

Während Ronda ihre 1,83 m entspannte, sorgte ich für Aufregung. Ich streichelte ihren Venushügel und berührte ihren großen Kitzler. Ronda atmete lauter. Mit meinem Finger streichelte rubbelte ich ihn heiß. So heiß, dass sie kam. Eigentlich wollte ich sie oral zum Orgasmus bringen, aber die Ronda muss so geil gewesen sein, dass das Streicheln ausreichte. Glücklich schaute mich Ronda an: „Danke, hast Du toll gemacht." „Gib mir den Befehl, weitermachen zu dürfen", bat ich sie.

42

„Ich möchte Dich oral verwöhnen." „Mach", strahlte sie und öffnete ihre langen Beine weit. Gesagt, verwöhnt. Ich küsste ihre Venus und ihren Schmetterling. Dass dies eine MILF-Pussy ist, hätte ich nie gedacht, so schön fühlte sie sich an. My Zunge war schon damals sehr talentiert, so leckte und saugte ich meine Konkurrentin und Chefin zu 2 weiteren Höhepunkten. Sie kam heftiger als vorhin. Erschöpft zog mich in den Arm. So lagen wir da und genossen. „Mein nächster Befehl", sagte sie plötzlich: „Schlaf mit mir!" Dem kam ich nur zu gerne nach.

„Wie magst Du es am liebsten?", fragte ich. „Ich möchte chillen und genießen. Gib Du die Stellungen vor." Ich knetete meinen Dong bereit, nahm das Kondom entgegen, stülpte es mir über und drang als gieriger Missionar in sie ein. Rondas Pussy fühlte sich gut an! Ich stieß sie bisschen durch, mal langsam, mal schneller, dann drehte ich sie. Nun von hinten. Zuerst sie liegend, dann kniend. Rondas Po war klasse. Nichts wabbelte. What a wife! Dann legte ich mich hin und ließ sie reiten. Sie ritt sportlich. Kommen wollte ich aber als Aktiver.

Also nochmal der Missionar. So fickte ich ihre schöne Möse, bis meine Adern explodierten und ich meinen Supersaft aus meinem Körper schleuderte. Erschöpft brach ich zusammen. „Das war klasse, danke!", lächelte mich Ronda süß an und küsste mich. So schliefen wir kuschelnd ein. Die nächsten Tage spielten wir keine Duelle, da wir die freie Zeit für Sex nutzten. Sehr leidenschaftlich und freizügig ging es zur Sache. Leider konnte Ronda nicht so gut blasen wie wichsen und ficken, aber es reichte, um mich mit dem Mund zum Kommen zu bringen. Dauerte halt etwas länger. Am liebsten fickte ich sie und kam in ihr oder ließ sie mit der Hand mein Sperma herausschütteln.

Nach ein paar Wochen wollte ich Ronda nicht mehr treu sein und trieb es mit anderen geilen Mädels aus dem Gäste-Pool. Ronda bekam das mit und beendete unsere Affäre, die sie sogar für eine halbe Beziehung hielt.

Ich zog ihr den Zahn und stellte die Sachlage klar: „Ich bin ein freier Mann und darf mit jeder Frau vögeln." Daraufhin war Schluss. Ronda verließ den Club 1 Monat später und wechselte in den Cala nach Spanien.

Zwaantje

Zwaantje war eine Powerfrau. Kickbox-Europameisterin, mehrfache holländische Championesse. Beim morgendlichen Robinson Meeting wurde uns die Ankunft von Zwaantje mitgeteilt, sie war Special Guest und sollte eine Woche lang einen Kampfkurs leiten. Robinson lädt gerne Sportler, Prominente, Starköche und Big Names ein, die dann mit besonderen Aktionen die Gäste verwöhnen. Das erste Mal sah ich Zwaantje nicht, ich hörte sie. Ich war fertig geworden mit meinem Vormittags-Volleyballprogramm und ging zum Entertainment-Office, als ich Gebrüll von der Well-Fit-Ebene wahrnahm.

Ich lief einen Bogen und sah Zwaanje. Sie kommandierte 10 überforderte Frauen und 6 schwitzende Männer durch ihr Workout, quälte sie mit Zirkeltraining, machte aber selbst mit. Ihr schien es nichts auszumachen, während alle anderen schlapper machten und auch aufgaben. Auf den ersten Blick gefiel mir Zwaantje nicht, viel zu aggressiv sah sie aus, wie eine Profi-Boxerin im Kampf. Ich ging weiter und ließ sie in Ruhe.

Am Nachmittag war ich wieder auf dem V-Court aktiv, es kamen 9 Gäste, und Zwaantje! Sie erschien in Kampfuniform. Entschlossen stellte sie sich der Runde vor und drückte meine Hand zu Brei. Volleyball spielen konnte sie aber gut, sie hatte nicht nur ein gutes Auge, sondern war flink auf den Beinen und hatte einen harten Aufschlag.

In der Pause lobte ich sie und kam mit ihr ins Gespräch. Ihr holländischer Akzent war ausgeprägt, doch süß. Ich erfuhr mehr von ihr: Geschieden seit 3 Monaten, Sohn Raymond (3) war zu Hause bei ihren Eltern geblieben. Ihr Kickbox-Trainer Michael war mitgekommen. Nächster Wettkampf in 45 Tagen: Weltmeisterschaft.

Ich betrachtete Zwaantje: Kein Gramm Fett, Sixpack, Armmuskulatur ausgeprägt. Bei einer Größe von 1,71 m und einem Gewicht von 55 kg eine starke Frau. Härtere Gesichtszüge. Nicht mein Ding. Ich beließ es bei einer normalen Konversation, auf Flirten hatte ich keine Lust. Am Abend änderte sich meine Meinung, denn die Frau, die vor mir stand, war eine 10!

Ich erkannte Zwaantje nicht. Ihre Haare trug sie offen, sie war geschminkt, hatte Nagellack, ein sexy Kleid und strahlte Erotik aus. Erst als sie mich ansprach, machte es Klick. „Zwaantje?", fragte ich. „Ja, ich bin's", lächelte sie holländisch und zerquetschte mir fast die Hand. Es war 23 Uhr spät, ich hatte erfolgreich meine Show-Leistung hinter mich gebracht und war an der Bar, um Gästekonversation zu betreiben und mir eine Frau für die Nacht zu suchen. Schnell entwickelte sich ein interessantes Gespräch mit Zwaantje, zu dem auch Gäste hinzustießen. In angeregter Runde plauderten, lachten und tranken wir bis 2 Uhr.

Nach und nach waren alle Gäste dieser Session schlafen gegangen, nur noch Zwaantje und ich saßen da. „Ich habe Lust, ins Meer zu springen!", grinste die 27-Jährige und sprang auf. In Soma Bay ist es keine Seltenheit, nachts baden zu gehen. Ich selbst lockte so viele Frauen an den Strand, um dort das sündige Treiben zu starten. Das wunderschöne Strandambiente ist magisch.

Willig begleitete ich die Profisportlerin ans Meer und zeigte ihr den Spot, der sich für eine nächtliche Badezeit eignet. Dort, wo keine Security ist. Zwaantje machte sich nackt und hüpfte ins Wasser. „Komm, los!", rief sie. Das ließ ich mir nicht zweimal sagen, schon war ich drin. Wir spürten den sandigen Meeresboden unter unseren Füßen und genossen die Szenerie. Zwaantje erzählte von ihrem Leben und Training, und meinte, sie sei stärker als die meisten Männer. Eine Einladung! Ich: „Ich bin auch stark. Obwohl ich schlank bin, verfüge ich über große Kräfte." „Die reichen nicht, um mich zu tunken."

„Das schaff ich." „Schaffst Du nicht." „Das schaff ich doch." „Schaffst Du nicht!" „Schaff ich doch!" „Nein, schaffst Du nicht!" „Wetten doch?" „Um was?" „Wenn ich Dich tunke, bekomme ich einen Kuss." „Hahahaha", lachte sie, „genau sowas hatte ich vermutet. Na, dann versuch Dein Glück, Rambo.

Du hast 2 Minuten." Ich ging ran wie Rambo, doch sie war wie Eisen, unbeweglich. Ich setzte meine ganze Power ein, doch es gelang mir nicht, sie mit dem Kopf unter Wasser zu drücken. Ich versuchte, ihr die Füße wegzuhaken, doch diese standen wie Pfeiler fest verwurzelt in der Erde. Nach gefühlten 10 Minuten – es waren wohl 3 oder 4 – gab ich erschöpft auf.

„Haha!", amüsierte sie sich köstlich. „Kein Tunken, kein Kuss."
Ich vernahm ihre Worte, doch die waren mir egal. Ich musste
Luft gewinnen. Immerhin hatte ich ihren nackten Körper eng
gespürt. Ihren knackigen Hintern, ihre kleinen Brüste, ihren harten Bauch, ihre festen Oberschenkel. Plötzlich stürzte sich die
Zwaantje auf mich und tunkte mich. Bevor ich reagieren konnte, sah ich Wasser von unten. Sie ließ mich aber nicht ersaufen,
sondern zog mich nach 10 Sekunden hoch.

Während ich nach Luft rang, drückte sie mich wieder
runter. Ich hatte keine Chance, dieser Kraft zu widerstehen. Außerdem war ich geschwächt. So blamierte sie mich bis auf Haut
und Knochen, bis ich um Gnade winselte. Zwaantje fand das
witzig und lachte über mich. Ich fühlte mich verletzt. Ging aus
dem Wasser, zog mich an. „Was ist los?"; fragte sie. „Ich gehe
schlafen, bevor Du mich umbringst." „Komm schon, das war
ein Spiel", kam sie aus dem Wasser und umarmte mich fest.

So fest, dass ich kaum Luft bekam. „Nicht so stark", rö-
chelte ich, „sonst zerquetscht Du mir die Rippen, Zwaantje."
„Sorry", meinte sie und wollte mich ins Wasser ziehen, diesmal
war ich stärker und riss mich los. „Ich gehe jetzt." Während ich
ging, hörte ich hektische Geräusche, dann stand Zwaantje angezogen vor mir.

„Komm, lass uns versöhnen. Tut mir Leid, dass ich ein
wenig hart mit Dir umgesprungen bin, war nur ein Spiel." „Das
war Körperverletzung", drückte ich sie weg, doch sie ließ mich
nicht gehen. „Entschuldigung. Nimm meine Entschuldigung an.
Ich werde es wieder gut machen." „Ach ja, und wie?", motzte
ich. „Mit einer Massage." „Danke, aber auf eine brutale Massage im Zwaantje-Knochenbrecher-Stil verzichte ich."

„Nein, ganz soft. Ich kann auch anders. Nimm meine
Entschuldigung an. Bitte. Sei lieb zu mir. Ich mache mit der
Massage alles gut." Eine Chance sollte sie bekommen. „Na gut,
komm mit", führte ich sie in mein Zimmer. Ich zog mich aus
und legte mich bäuchlings aufs Bett. Zwaantje zog sich aus und
hockte sich über meinen Rücken. Mit meiner Lieblingscreme
startete sie die Massage. In der Tat, es fühlte sich gut an! Zärtlich streichelte und knetete sie meinen Rücken. „Ja, das tut gut",
stöhnte ich, „viel schöner als die Körperverletzung von vorhin."

Sie kicherte. Viel Zeit nahm sie sich für meinen Rücken und um ihre Fehler zu korrigieren. Dann hockte sie sich zwischen meine Beine und kümmerte sich um meine Schenkel und den knackigen Po. Mein Penis wurde immer steifer. „Umdrehen bitte." Ich drehte mich und präsentierte ihr meine Latte à la 15 cm. Die Zwaantje lachte köstlich: „Auch das habe ich mir gedacht." Nun machte die Kampfsportlerin ernst: Sie küsste meine Schenkel bis zu meinen Eiern, dann diese. Schon hatte sie meinen Ständer in ihrem Mund. Doch lange sollte der Blowjob nicht dauern, sie hatte andere Pläne: „Hast Du ein Kondom?"

„In der Schublade", gab ich ihr ein Stück. Sie blies es mir über und bestieg mich. Und schon begann der Teufelsritt. Zwaantjes Riding zählt bis heute zu den besten meines Lebens. Mit all ihrer Power und Kondition kannte sie keine Gnade und ritt in Volltempo meinen Dong glücklich. Erotisch, kraftvoll, lasziv und roboterähnlich zugleich besorgte sie es uns. Sie war in Topverfassung, austrainiert bis ins letzte Gramm. Ich starrte die ganze Zeit diese Dynamitfrau an, wie sie meinen Dong ritt, in einem Affentempo, aus den Waden heraus. Ich kam.

Krass intensiv war mein Orgasmus, da sie einfach weiterritt und eher das Gaspedal als die Bremse suchte. Zeit zum Abschlaffen hatte mein Penis nicht, denn Zwaantje wollte mehr. Sie ritt weiter und immer weiter. Schon war meiner wieder steif. 10 Minuten später kam ich ein zweites Mal, in dasselbe Kondom, das nun doppelt befüllt war. Dann kam sie. Bebend schüttelte sie sich und schrie laut ihren Jubel hinaus. Ich war am Ende. Da lagen wir nun, es war 5:30 Uhr morgens, die Sonne ging auf. Um Punkt 8 musste ich beim Meeting sein. Zwaantje um 10 bei ihrem ersten Kurs.

„Lass uns noch 2 Stunden schlafen, dann geht´s bei mir los." Mit diesen Worten schlief ich in ihrem Arm ein. Um 7:30 Uhr klingelte es, ich eilte zum Meeting. Nach dem Volleyball schlenderte ich an ihrer Trainingsstation vorbei, sie spielte am Nachmittag wieder mit Volleyball. Der Abend gehörte uns. Diesmal zogen wir uns Punkt Mitternacht aus dem Gästerummel zurück und ich lud sie erneut in mein Zimmer ein. Dort bekam sie eine Massage. Nie zuvor und nie danach hatte ich so einen austrainierten, stahlharten Frauenkörper in Händen.

Der aber trotzdem auf meinen sensiblen Berührungen empfindsam reagierte. Harte Schale, weicher Kern. Ich gab mir Mühe, sie schön zärtlich zu verwöhnen. Als ich ihr zwischen die Beine glitt und ihre Schamlippen streifte, atmete sie tief. Ich glitt tiefer. Sie atmete tiefer. Ich küsste ihren Knackarsch und bat sie um den Turnaround. Nackt, wie das Fitnessstudio sie geschaffen hatte, lag sie vor mir. Und präsentierte mir ihre Vorderseite. Sie trug unten kahl, hatte wunderschöne Schamlippen und eine optisch reizvolle Vagina. Ich massierte sie weiter.

Ihre Schultern, Arme, ihre steifen Brüste, ihren harten Bauch runter zu ihrer Venus. Zwaantje genoss meine Liebesspiele und hatte ihre Augen dabei fest geschlossen. Muff diving war der nächste Schritt. Ich küsste MILFs Scham und immer tiefer, bis ich an ihrer Klitoris herumsaugte. Zwaantje gefiel das ungemein und sie räkelte sich zu meinem Rhythmus. Meine linke Hand war unter ihr Becken gewandert und hielt ihren Po. Daumen in ihrer Muschi.

So leckte ich die harte Holländerin zu einem Orgasmus, der ziemlich feucht ausfiel. „Mehr, mehr", winselte sie, und bat mich weiter zu lecken. Tat ich. Der zweite Orgasmus kam kurz darauf. Der dritte verspätet, aber immerhin. Nach 30 Min. Pussy-Lecken brauchte ich Pause. In dieser Zeit atmete die Kampfsportlerin aus und kuschelte sich auf meine Brust. Ihre Hand rutschte von Minute zu Minute tiefer, bis sie meinen Schwanz umfasste. „Jetzt ich Dich", flüsterte sie und küsste mich auf den Mund.

Sie schob ihren Kopf seitlich zu meinem Dong und startete mit der Wichs-und-Blas-Arbeit. Schön im Wechsel tat sie es. Mal wichsen, mal blasen. Dann beides gleichzeitig. Ja, sie wichste schnell und kräftig. Hatte ich so erwartet. Dafür blies sie sehr zärtlich. Der perfekte Mix! Nach ein paar Minuten bereitete ich sie auf meinem Cumshot vor, den sie aber anders genießen wollte:

„Stell Dich hin", kommandierte mich Zwaantje hoch. Ich stellte mich neben das Bett. Sie kniete sich mir zu Füßen und blies-wichste meine Ladungen in ihr Gesicht. Dieser Anblick war so geil aus der POV-Perspektive! Erst als mein Dong schlapp war, reduzierte sie das Wichstempo und lutschte sauber.

Ich ließ mich glücklich aufs Bett fallen, sie auf mich. So küssten wir uns 20 Minuten am laufenden Band wie bei Carrell. Dann hatte sie Lust auf Ficken. „Diesmal fickst Du mich. Ich möchte sehen, wieviel Kondition Du hast", forderte sie mich heraus. „Je mehr, desto besser." Gott, dachte ich, jetzt so ein Leistungsdruck zur falschen Zeit. Ich wollte es ihr mächtig besorgen. Nach 3-minütigem Blasvorspiel drang ich mit sicherem Gummi als Missionar in sie ein.

Sie fühlte sich schön eng an. Ich begann zu stoßen. Härter, immer härter. Das mochte sie. Schneller, immer schneller. Meine Hüften gaben alles. Da ich mich sehr auf die Erfüllung meiner Pflicht konzentrierte, war mein Fokus noch nicht auf den Orgasmus gerichtet, was bedeutete, dass er noch nicht anstand. Gut, weiter nageln. Mal im Liegestütz, mal liegend auf ihr fickte ich sie kräftig.

Diese Dominanz fühlte sich gut an, jetzt konnte ich ihr zeigen, mit wem sie es zu tun hatte. Sie klammerte sich an meinen Oberkörper und ließ sich bedienen. Richtig tief. Ich rammelte ihr fast ihre Gebärmutter weg. Plötzlich kniff sie ihre Scheide zusammen, also Sportlerin hatte sie ihren Body gut unter Kontrolle, was für mich bedeutete: Orgasmus-time! Mein Penis wurde so gut stimuliert, dass er ausschütten musste.

Mit einem befreienden Schrei spritzte ich das Kondom voll mit meinem weißen Saft. Mein Schweiß tropfte in ihr Gesicht, auch sie war gebadet wie nach einer 60-minütigen Trainingseinheit. „Du hast Power und Durchhaltevermögen", lobte sie mich. „Und danke für die 2 Orgasmen. War geil, wie Du mich gefickt hast." Ihre 2 Höhepunkte hatte ich in der Hitze des Gefechtes gar nicht gemerkt, zu sehr war ich in Trance, um ihrem konditionellen Fickanspruch gerecht zu werden.

Ein Hoch auf die Kondomfabriken, dass die Gummis selbst solche Strapazen und Belastungen aushalten, ohne zu reißen. Erschöpft schliefen wir ein. So ging das noch die weiteren Tage mit uns, bis Zwaantjes Arbeitsauftrag beendet war und sie abreiste. Bei der WM wurde sie Dritte. Ich war stolz auf sie und mich.

Quirina

Quirina war die jüngste Tochter von Clubchef Uwe. Uwe hatte den Laden im Griff, war bei uns Mitarbeitern beliebt und hatte viel Erfahrung in der Branche. 2 Kinder aus 2 Ehen und 2 weitere Kinder aus diversen Liebschaften. Typisch Robinson. Er war bereits Mitte 50, aber noch gut in Schuss. Sehr fit, sportlich aktiv und ein Frauenschwarm. Seine Lebensgefährtin hieß Maja, eine 30-jährige Fitnesstrainerin, die er dann gegen die 27-jährige Stewardess Mina austauschte. Uwe hatte also 4 Kinder. Ich kannte keines davon. Hin und wieder waren sie wohl im Club zu Besuch, sie hatten frei Haus und Logis.

Eines Nachmittags, ich war gerade sportlich aktiv gewesen und trank mit den Gästen an der Bar Saft, fiel mein Blick auf ein junges Mädchen. Sie sah aus wie 16, war aber 19. Sie saß allein an der Bar und quatschte mit dem Barkeeper. Sie gefiel mir sofort! Hatte lange, blond-braune Haare, bis zu ihrem Po, den sie in einer kurzen Shorts versteckte. Obenrum trug sie Bikini. Ihre Brüste zeichneten sich als klein, aber schön ab. Sie trug Flip Flops und schlürfte an einer Cola mit Eis. Ich musste sie ansprechen. Also ging ich die paar Meter zu ihr rüber und stellte mich vor.

In meiner Teamkleidung wusste sie sofort, dass ich hier arbeite. Ich plauderte sie locker an und sie plauderte locker zurück. Ein aufgewecktes Mädel. „Bist Du zum ersten Mal hier?", fragte ich. „Nein, ich bin alle 6 Wochen für ein paar Tage da", grinste sie. „Habe Dich noch nie gesehen, bin aber auch erst seit 3 Monaten hier", war meine Reaktion. Die muss schwerreiche Eltern haben, dachte ich. Alle 6 Wochen Robinson für ein paar Tage – Holla die Waldfee! Ich fragte sie, ob sie Lust auf Sport habe, aber sie lehnte ab.

Auch meine Laufgruppe war nichts für sie. „Ich gehe lieber ins klimatisierte Gym im Wellnessbereich." Als ich sie fragte, was sie sonst noch vorhabe, meinte sie, einen Schnorcheltrip. „Ich liebe Schnorcheln", lächelte sie, „da sieht man so tolle Fische. Und das Rote Meer hat einige zu bieten." „Ich kenne hier alle Riffe in- und auswendig", gab ich an.

„Morgen ist mein freier Tag. Wenn Du magst, mache ich mit Dir eine exklusive Schnorchel-Führung zu den schönsten Stellen." „Das klingt gut", strahlte Quirina. Wir vereinbarten gleich früh morgens, da die Sicht da am klarsten ist. „Ich stehe für Dich um 7 auf, an meinem freien Tag. Wir können uns um 8 am Strand an der roten Boje treffen. Bereite Dich auf einen zweistündigen Trip vor, okay?" Sie nickte und ich zog glücklich weiter. Dieses Traummädel könnte das meine werden.

Am Abend hatten wir Show, Blue Man Group stand an. Unsere beste Show! Wir spielten wie immer live und bekamen Standing Ovations. Auch Als blauer Mann gab es einen Moment, wo ich eine blaue Rose aus meiner schwarzen Hose zaubere. Diese bekam eine hübsche Frau aus dem Publikum mit blauem Kuss auf den Mund. Ich schaute mir schon in den ersten Minuten eine Traumfrau aus. Dieses Mal sollte es Quirina sein. Sie saß im Publikum. Ich erkannte sie durch mein komplett blau überschminktes Gesicht mit Glatzenkapuze sofort.

Als der Moment kam, lief ich durch die Reihen, bis ich sie erreicht hatte. Ich nahm sie an ihrer Hand und ließ sie aufstehen. Im Scheinwerferlicht zog ich die legendäre blaue Rose aus meiner Hose und überreichte sie ihr. Dann folgte der Kuss. Sie ließ sich auf den Mund küssen. Hin und wieder drehten sich Frauen weg, weil sie die blaue Farbe nicht im Gesicht haben wollten. Aber Quirina hatte Spaß dabei. Ich fühlte mich geil und war den Rest der Show der Super Blue Man.

Über 1 Stunde dauerte es bis ich mich demaskiert und sauber gewaschen hatte unter der Dusche. Die Farbe, der Kleber. Wer die Blue Men waren, war ein Geheimnis. Kein Gast wusste es offiziell. Nur die Angestellten. Naja, an Statur und Bewegungen konnte man es sich natürlich denken. Oder dass halt 3 Typen erst eine Stunde nach der Show geduscht mit rotem Gesicht vom Farbe abrubbeln erschöpft ans Schachbrett kamen.

An diesen Abenden tanzte ich nicht mehr, sondern chillte mit den Gästen, um das Lob für die Show zu hören. Doch leider war Quirina nirgends zu sehen. Ich organisierte mir einen Fick für die Nacht, eine junge Frau, die an ihrem letzten Abend von einem Ani gebumst werden wollte, und schlief alleine ein. Der Wecker klingelte früh. Am freien Tag um 7 Uhr.

Eigentlich unmenschlich, aber ich hatte ja einen guten Plan. Ich frühstückte Obst im Restaurant, dann holte ich mir Schnorchelsachen und marschierte zum Strand. Da saß die süße Blondine im Sand und spielte mit diesem. „Hi, guten Morgen", stellte ich mich erneut vor. „Hi. Und, gut geschlafen?" „Danke, und Du?" „Ja, auch. Übrigens: Danke für die blaue Rose gestern und den Kuss. Fand ich voll süß. Die Rose bekommt zu Hause einen besonderen Platz in meinem Zimmer."

Ich hatte ihr nicht gesagt, dass ich der blaue Mann war, aber sie hatte mich erkannt. „Gerne", zog ich mir die Flossen an. „Ich habe das ganze Publikum durchgeschaut und bin bei Dir hängen geblieben. Das hübscheste Mädel sollte die Rose bekommen." „Du Schmeichler", fühlte sie sich geschmeichelt und zog sich ebenfalls ihre an. „Bist Du eine gute Schwimmerin?", fragte ich. „Ja, schon. Aber Du kannst mich wenn Strömung ist an der Hand nehmen, dann fühle ich mich sicherer im offenen Meer." Ja, darauf würde ich zurückkommen.

„Bist Du bereit?" „Ja." „Auf geht´s!" Wir starteten unsere Reise. Ich schwamm vor, sie dicht hinter mir, dann eng neben mir. Ich wusste, an welchen Stellen wir tolle Fische sehen. „Hier eine Muräne", war das erste Highlight, das ich ihr zeigte. Eine richtig große Muräne war es, die auf Jagd war. Die Quirina hatte Respekt und griff sicherheitshalber nach meiner Hand. Wie gerne ich ihr diese gab! Wir beobachteten die Muräne einige Meter unter uns, dann zogen wir weiter.

„Und hier ein schöner, aber giftiger Blaupunktrochen." Quirina drückte meine Hand fest, aber sie war in sicheren Händen. Wir beobachteten den Rochen, bis er verschwand. Ich zeigte auf die Badeinsel, die 400 m vom Strand im Wasser stand. Dort kann man sich sonnen und chillen. Quirina folgte. Auf dem Weg sahen wir noch Tausende anderer Fische. Highlight war eine Krake.

Wir stiegen aus dem Wasser und machten es uns auf der Badeinsel gemütlich. „Das war wunderschön", strahlte Quirina. Sie legte sich neben mich und wir entspannten. Dabei lagen wir eng aneinander, sodass sich unsere Hände berührten. Sie griff zu, also hielten wir Händchen. Ich wusste: Ich hatte sie im Sack. Sie hatten die Augen geschlossen, ich nicht.

Während wir da lagen, betrachtete ich sie seitlich. Sie war wunderschön! Ihr Körper noch mädchenhaft, sie war dabei, zur Frau zu werden. Ein Teeny, rein und unschuldig. Und gleichzeitig so sexy und erotisch. Ich musste aufpassen, keinen Steifen in der Bermuda zu bekommen. „Sag mal, als Animateur finden Dich sicher viele Mädels toll", sagte sie auf einmal. „Nun ja, schon einige", antwortete ich lässig. „Hast Du dann auch was mit denen?" Heikle Frage. „Sagen wir es so: Einige Animateure suchen sich eine feste Freundin in den Reihen. Die wohnen dann zu zweit auf einem Zimmer.

Andere wollen sich nicht binden, aber ohne Sex geht es auch nicht. Jeder lebt, wie er möchte." „Wie lebst Du?" „Finde es heraus." Ja, der Womanizer hatte schon damals den verfickten Dreh heraus. Quirina wollte es herausfinden. Sie drehte sich in mich hinein, dann auf mich. Dieses 19-jährige Mädel lag auf mir und guckte mir verliebt in die Augen. „Darf ich Dich küssen?" Ich gab ihr meine Antwort, indem ich sie küsste. Ganz zärtlich auf den Mund. Das war es, was sie wollte.

Quirina ging ins Knutschen über. Mit Zunge. I like it! Sie hielt meinen Kopf und kraulte durch meine lockigen, nassen Haare. Etwa 10 Minuten knutschen wir, bis wir ein paar lästige Stimmen hörten. Aha, auch andere Schnorchler waren unterwegs und wollten auf die Insel. Ausgeschlafen, was? Sicherheitshalber beendete ich den Kuss und gab Quirina das Zeichen, für den Moment aufzuhören. Sie verstand. Als die Neuen unsere Plattform betraten, verließen wir sie.

Es ging zurück über eine andere Route. Ich zeigte Quirina eine wundervolle Rifflandschaft an der Südseite, wo es viele Flötenfische gab. Diese gefielen ihr wahnsinnig gut. Großes Highlight war eine alte Schildkröte, die an uns vorbeischwamm. Sieht man nicht alle Tage. Ich wollte mit meiner Beute nicht am Hauptstrand vor allen Leuten aus dem Wasser, daher nutzte ich einen Seitausgang hinter einer Bucht, um mit Quirina an Land bzw. an Strand zu gehen.

„Das war wundervoll, danke für die Tour!", küsste sie mich. „Jetzt habe ich Hunger, kommst Du mit frühstücken?" Ich erklärte ihr meine Bedenken bezüglich des dort unvermeidbaren Gästekontaktes an meinem freien Tag.

„Aber ich lade Dich zu einem exklusiven Frühstück in mein Zimmer ein", schlug ich ihr vor. „Ich eile in die Mitarbeiterküche und organisiere uns etwas Schönes. Dann können wir in aller Ruhe zusammen frühstücken." Sie war einverstanden. Ich nannte ihr meine Zimmernummer, sie holte sich frische Sachen, dann schleuste ich sie bei mir ein. Ich hatte ein Einzelzimmer mit Balkon und Sichtschutz nach hinten in die Wüste. Während sie sich in meinem Zimmer duschte, rannte ich in die Küche und holte mir ein Tablett für 2. „Aha, der Herr organisiert wieder ein Frühstück für ein Mädel", grinste mich mein Kumpel, Koch Ramy im brüchigen Deutsch an.

Recht hatte er. Recht hatte ich. Schnurstracks zischte ich ab auf mein Zimmer. Als ich hereinkam, lief die Dusche noch. „Das Frühstück ist da!", rief ich durch die Bad-Tür. Und schon hörte die Brause auf zu brausen. Kurz darauf öffnete sich die Tür. Da stand Quirina, die junge Göttin. Im sexy, bauchfreien Shirt und einer Hot Pants, hochgeschnitten bis zur Po-Falte. „Du siehst toll aus, sehr sexy", begutachtete ich sie. Ihre langen Haare waren nass und hingen ihr etwas ins Gesicht.

Sie wischte sie weg und strahlte: „Danke." Auf meinem Balkon im 2. Stock waren wir ungestört. Ich hatte mein Zimmer am Ende der Reihe, nach hinten schräg in die Wüste. Keiner konnte uns sehen. Hören ja, aber an meinem freien Tag hatten nicht viele Kollegen frei, also hatten wir unsere Ruhe, während die anderen arbeiteten.

Ich tischte als Butler auf und wir setzten uns gegenüber. Es gab Obst, Brot, Käse, Wurst, Butter, Marmelade, sogar Kuchen. Ich hatte es gut gemeint mit uns. Zum Trinken orangen und multivitaminen Saft. Und natürlich Wasser. Genüsslich haute sie rein und genoss die Zeit mit mir. Ich auch meine mit ihr. Sie sah so jung und süß, so knackig aus.

Ich hätte sie am liebsten auf der Stelle in der Luft gefickt! Sie aß mit guten Manieren und meinte immer wieder „So köstlich". Wie gesagt, sie saß mit gegenüber in ihrer doch extrem kurzen Hose. Ich sah ihre Oberschenkel bis hoch zur Hüfte. Dann machte sie eine Bewegung, die mir für einen Moment die Sicht auf ihr Paradies offenbarte. Ich sah zwischen den Beinen Schamhaare blitzen. Braune. Sie hatte also welche!

Quirina bemerkte meinen Blick in ihren Schoß und fragte irritiert: „Hab ich das was?" „Nein, aber ich sehe Deine Schamhaare, so wie Du gerade sitzt." „Echt?", staunte Quirina und lachte laut. „Bei der kurzen Hose, die Du trägst, kommt das schon mal vor." „Ich habe extra die kürzeste Hose für Dich angezogen", war ihr genialer Konter. Ich war baff. „Und, gefällt Dir, was Du siehst?" Ich war baff hoch 2. „Ich sehe nicht viel, aber das, was ich sehe, das gefällt mir äußerst gut. Vielleicht bekomme ich ja später mehr davon zu sehen, die ganze Schönheit sozusagen."

„Vielleicht", lächelte sie schüchtern, aber versaut. Nun intensivierte sich der Blickkontakt. „Sag mal, wie viele Mädels haben schon hier mit Dir im Bett gelegen?", wollte sie wissen. „Sag mal, bei wie vielen Animateuren warst Du schon auf dem Zimmer und hast mit ihnen gefrühstückt?", war die beste Retoure, die ich geben konnte. Sie lachte. Frage umgangen. Gut. „Gefalle ich Dir?" „Ja, absolut", bestätigte ich. „Danke", grinste sie. Wir aßen weiter. „Hast Du für heute Pläne?" „Das hängt davon ab, ob ich im Anschluss an dieses Frühstück dieses Mehr von Dir noch zu sehen bekomme."

„Vielleicht", kicherte sie süß. „Ich überlege aber noch." „Wenn nein, würde ich bald Volleyball 2 gegen 2 spielen und mich austoben sportlich. Später noch ein Schnorchel-Trip. Am Abend etwas essen und früh schlafen." „Du planst also schon, den Tag alleine zu verbringen?", meinte sie traurig. „Nein, ich würde ihn gerne mit Dir verbringen, aber das hängt auch von Dir ab, ob Du das möchtest." Beruhigte ich sie.

Sie wischte sich eine Träne aus dem Gesicht. Ich glaube, Quirina hatte sich voll in mich verliebt. Als wir fertig diniert hatten, stand ich auf und wanderte satt zu meinem Bett, auf das ich mich showtechnisch fallen ließ. „Das war gut", raunte ich. „So köstlich, danke für das Frühstück." „Bist Du eigentlich alleine hier oder mit wem?" „Mein Vater ist hier, auch meine 2 Brüder." „Und Deine Mutter?"

„Meine Eltern sind getrennt." „Tut mir Leid." „Er hat aktuell eine junge Stewardess." Witzig, dachte ich, genau wie der Uwe. „Wie soll es jetzt weitergehen mit uns?", schaute ich Quirina fragevoll an. „Du wolltest Dir überlegen, ob Du mir mehr von Dir zeigen magst oder nicht.

Hast Du Dich entschieden? Ich würde wahnsinnig gerne mehr von Dir sehen und den Tag mit Dir verbringen." Quirina stand auf und kam auf mich zu. Dann zog sie sich ihr Shirt aus und stand oben ohne vor mir. Sie hatte perfekte Brüste! „Gefällt Dir das?" „Ja, und wie! Du hast wunderschöne Brüste." „Reicht Dir das oder magst Du mehr sehen?" „Es reicht mir noch nicht. Ich möchte mehr von Dir sehen." Brav griff sie an ihre Short und ließ sie fallen. Da stand sie nun. Splitterfasernackt. Vor mir. Nur für mich. Mein Blick wanderte runter zu ihrer Scham.

Mein gutes Auge hatte mich nicht getrügt: Ein Schamhaarstrich strahlte mich an. Er war nicht perfekt getrimmt, aber wer erwartet das von einer 19-Jährigen? Unschuldig schaute sie mich an: „Gut so?" „Ja. Genau richtig. Drehst Du Dich einmal für mich bitte?" Sie drehte sich. Wie eine Figur, wie ein Maßwerk. Einmal um die eigene Achse. Ihr Po war perfekt.

Einer der schönsten aller Zeiten. Die Blühte blühte. Ab Ende 30 verwelken sie ja immer mehr. „Komm zu mir", sprach ich und zog mir mein Shirt aus. Ich hatte nur noch eine Shorts an, mit einer halben Beule. Die Honigbiene krabbelte zu mir und legte sich auf mich. „Ui, ganz schön hart", grinste sie.

„Mein Sixpack?", fragte ich und spannte meinen Bauch an. „Der auch, aber ich meinte etwas tiefer." Sie schaute mich so verliebt an und küsste mich. Ich knutschte zurück. So lagen wir da und küssten uns scharf. Ich hielt sie fest, umklammerte und knetete ihren Po. Sie glitt in eine Genießer-Trance und genoss unsere Nähe. „Hast Du Lust auf mehr?", hauchte ich ihr ins Ohr. „Ja", hauchte sie zurück und zog mir meine Hose aus.

Da schoss er hoch. Knüppel aus dem Sack! Sie lag noch auf mir, zwischen uns war nur noch mein Dong. Und der konnte einiges mit ihr anstellen. Ich schob sie sanft runter von mir und legte mich auf sie. Das gefiel ihr. Ich küsste sie von oben und streichelte ihren Kopf. Dann küsste ich tiefer, ihren Hals, der sehr empfindlich war.

Weiter tiefer, bis ich ihre Brustwarzen im Mund hatte. Ich lutschte an ihnen, bis sie verdammt hart waren. Quirina atmete lauter und hektischer. Ich wanderte tiefer. Liebkoste ihren wunderschönen Bauch. Tiefer, über ihre Schamhaare, bis ich die Weggabelung von Schamlippen und Klitoris erreichte.

Als schon damals exzellenter Lecker wollte ich sie lecken. Bevor ich dies tun konnte, drückte sie mich weg. „Das geht mir zu schnell. Mach nicht mit dem Mund, sondern mit den Fingern bitte, das darfst Du." Alright. Ich streichelte nochmal von ihren Brüsten runter über ihren Bauch hin zu ihrem Venushügel. Dann erreichte ich ihre Schamlippen und ihre Clit. Tief atmete sie, als ich diese anfing zu stimulieren.

Da Quirina nicht die erste Frau in meinem Bett war, wusste ich genau, was zu tun ist. Zärtlich, dann wilder spielte ich mit ihrer Stecknadel. Die Hübsche stöhnte immer lauter, bis sie kam. Sie zerriss mit ihren kleinen Händen fast das Betttuch. Nach ihrem Orgasmus öffnete sie ihre Augen, strahlte mich an, zog mich zu sich, küsste mich und sagte „Danke". „Das habe ich gern getan, Süße." Kuss. „Wenn Du magst, dann verwöhne ich nun Dich", schäkerte sie.

„Gerne", legte ich mich auf den Rücken. Quirina band sich die Haare hoch, dann legte sie sich auf mich. Oberkörper auf Oberkörper. Sie knutschte mich. Ich knutschte zurück. So lagen wir da und küssten uns scharf. Ich hielt sie fest, knetete ihren perfekten Po. Sie küsste mich von oben und streichelte meinen Kopf. Dann küsste sie meinen Hals, bis sie die Brustwarzen im Mund hatte. Sie wanderte tiefer. Liebkoste meinen Bauch, bis sie meinen Penis erreichte. Bevor sie ihn in den Mund nehmen konnte, was sie wollte, drückte ich sie weg:

„Das geht mir zu schnell. Mach nicht mit dem Mund, mach mit der Hand bitte, das darfst Du." Sie schaute mich mit großen Augen an: „Das ist doch nicht Dein Ernst. Du magst keinen Blowjob?" „Schon, aber ich musste es sagen. Dein Gesichtsausdruck war zu köstlich." „Magst Du nun mit Mund, oder nicht?" „Na klar, aber mach es diesmal mit der Hand. Mit Mund dann gerne im zweiten Schritt."

Quirina streichelte nochmal von meiner Brust runter über meinen Bauch zu meinem stehenden Penis. Tief atmete ich, als sie diesen berührte und stimulierte. Da ich nicht der erste Mann in ihren Händen war, wusste sie genau, was zu tun ist. Zärtlich, dann wilder startete sie die manuelle Masturbation via Hand. Sie hatte einen perfekten Grip und wichste fantastisch. Daher dauerte es auch nicht lange, bis ich kam.

Mein Orgasmus war ein Spektakel. Optisch wie innerlich. Meine Spermamenge und -dynamik beeindruckte sie, das sah ich ihr an. Als sie fertig war und ich alle, lagen wir da und hielten uns fest. Das Sperma an ihren Händen und auf meiner Brust war ihr egal. Mir auch. Es war einfach nur schön. „Magst Du noch Volleyball spielen?", fragte sie mich. „Nein, null Bock. Viel lieber bin ich hier mit Dir." Sie küsste mich. Nach ein paar Minuten Ruhe fragte sie mich:

„Süßer, kannst Du das von eben nochmal machen?" Ich legte los. Ich legte mich auf sie, küsste sie und streichelte ihren Kopf. Dann küsste ich tiefer, ihren Hals, bis ich ihre Brustwarzen im Mund hatte. Quirina atmete immer hektischer. Ich liebkoste ihren wunderschönen Bauch. Tiefer, über ihre Schamhaare, bis ich die Weggabelung von S-Lippen und Clit erreichte. Als Lecker wollte ich sie nun endlich lecken. Bevor ich dies tun konnte, drückte sie mich erneut weg:

„Das geht mir immer noch zu schnell. Mach mit den Fingern wieder." Ich streichelte nochmal von ihren Brüsten runter über ihren Bauch hin zu ihrem Venushügel. Dann erreichte ich ihre Schamlippen und ihre Clit. Tief atmete sie, als ich diese anfing zu stimulieren. Die Hübsche stöhnte immer lauter, bis sie kam. Sie zerriss mit ihren kleinen Händen fast das bereits lädierte Betttuch. Nach ihrem Orgasmus öffnete sie ihre Augen, strahlte mich an, zog mich zu sich und küsste mich „Danke".

„Das hab ich gern getan, Süße." „Wenn Du magst, verwöhne ich Dich jetzt nochmal", schäkerte sie. „Gerne", legte ich mich auf den Rücken. Quirina band sich die Haare nochmal fest hoch, dann legte sie sich auf mich. Sie küsste mich und streichelte meinen Kopf. Dann küsste sie tiefer, meinen Hals, bis sie die Brustwarzen im Mund hatte. Sie wanderte tiefer.

Küsste und liebkoste meinen Bauch, bis sie meinen Penis erreichte. Bevor sie ihn in den Mund nehmen konnte, was sie auch diesmal wollte, drückte ich sie wieder weg: „Das geht auch mir noch zu schnell. Mach mit der Hand." Sie schaute mich mit großen Augen an: „Das ist doch nicht Dein Ernst. Du magst echt keinen Blowjob?" „Schon, aber ich musste es einfach sagen. Dein Gesichtsausdruck war köstlich. Hättest Du sehen sollen." „Magst Du mit dem Mund, oder nicht?"

„Klar mag ich einen Blowjob, aber mach es nochmal mit der Hand. Mit Mund im nächsten Schritt." Sie streichelte von meiner Brust über meinen Bauch zu meinem bereiten Penis. Tief atmete ich, als sie diesen stimulierte. Diesmal war es die andere Hand. Sie hatte auch hier einen perfekten Grip, etwas leichter als vorhin. Sie wichste fantastisch.

Daher dauerte es nicht lange, bis ich kam. Mein Orgasmus war ein Spektakel. Meine Spermamenge und -dynamik beeindruckten Quirina. „Wahnsinn, was da rauskommt", kicherte sie während ich abspritzte und sie brav weiterschüttelte, bis ich fertig war. Das Sperma an ihren Händen und auf meiner Brust war ihr egal. Mir auch. Irgendwann schlug ich eine gemeinsame Dusche vor, die wir auch nahmen. Ich schaute auf die Uhr: Es war mittags. „Hast Du Lust auf einen Ausflug nach Makadi?"

„Gerne." „Ich organisiere einen Wagen, wir treffen uns in einer halben Stunde im Hinterhof. Sei pünktlich." Wir düsten 20 Minuten rüber nach Makadi Beach. Schöner Ort. Ich kannte dort Leute, schließlich war ich schon ein paar Mal da gewesen. Alleine oder mit Mädels. Wir spielten Billard, rauchten Shisha, hörten Live-Musik und hatten einen tollen Tag. 16:30 setzten wir uns zu einem Italiener für eine Pizza. Die kostete nur 5 Euro pro Person. Schmeckte lecker. Danach fuhren wir zurück in den Club. „Hast Du Lust auf den Sonnenuntergang?"

Sie schaute mich schmachtend an. Aber nicht am Clubstrand. Ich parkte den Wagen 2 km vor dem Gelände und kannte einen tollen Spot. Wir setzten uns in den weißen Sand und waren happy. Langsam wurde der Tag Abend und die Sonne verschwand. Ich hielt sie fest in meinem sportlichen Arm und küsste sie. Romantic. Zurück in den Club. „Darf ich mit zu Dir?", fragte sie süß. „Klar, komm." Zurück in meinem Zimmer erwartete mich eine Überraschung: Ich war kurz auf Toilette gewesen, kam zurück, da lag die Maus nackt auf meinem Bett.

„Los, komm!" Ich kam. Zuerst zu ihr ins Bett. Schnell war auch ich nackt. Ich legte mich auf sie, küsste sie und streichelte ihren Kopf. Dann küsste ich ihren Hals, bis ich ihre harten Brustwarzen im Mund hatte. Quirina atmete hektisch. Ich wanderte tiefer, bis ich die Weggabelung von Schamlippen und Klitoris erreichte. Nun aber wollte ich sie endlich lecken.

Dritter Versuch. Bevor ich dies tun konnte, drückte sie mich erneut weg. „Sorry, das geht mir immer noch zu schnell, Süßer. Mach nochmal mit den Fingern bitte. Morgen bin ich soweit dafür." Na schön. Ich streichelte von ihren Brüsten runter über ihren Bauch hin zum Venushügel. Dann erreichte ich ihre Clit. Tief atmete sie, als ich diese anfing zu stimulieren. Zärtlich, dann wilder spielte ich mit der Stecknadel. Die Hübsche stöhnte immer lauter, bis sie bald kam.

Sie zerriss mit ihren Händen fast unser aller Betttuch. Nach ihrem Orgasmus öffnete sie ihre Augen, strahlte mich an, zog mich zu sich runter, küsste mich und sagte „Danke". „Das habe ich gern getan." „Wenn Du magst, verwöhne ich jetzt Dich nochmal", schäkerte sie. „Gern", legte ich mich auf den Rücken und wartete. Quirina band sich die Haare hoch, dann legte sie sich auf mich. Oberkörper auf Oberkörper. Wir knutschten. Ich hielt sie fest und knetete ihren perfekten Po.

Sie streichelte meinen Kopf. Dann küsste sie tiefer, bis sie meine Brustwarzen im Mund hatte. Sie wanderte tiefer, bis sie meinen Penis erreichte. Bevor sie ihn in den Mund nehmen konnte, und das wollte sie sowas von, drückte ich sie weg: „Das geht auch mir noch zu schnell, sorry. Mach mit der Hand, morgen dann mit Mund, okay?" Sie schaute mich mit großen Augen an: „Echt? Du verzichtest auch diesmal auf einen Blowjob?" „Ganz ungern, um ehrlich zu sein, aber ich musste es tun. Dein Gesichtsausdruck war zu köstlich." Wir lachten uns krank.

Sie streichelte nochmal von meiner Brust runter über meinen Bauch zu meinem bereiten Glied. Tief atmete ich, als sie es berührte. Obwohl ich nicht der allererste Mann in ihren Händen war, allerdings der erste in meinem diesem Bett für sie, wusste sie genau, was zu tun ist. Zärtlich, dann klarer startete sie die manuelle Masturbation via Hand. Perfekter Grip, perfekter Wichs. Schon wieder. Eine Traummaus!

Daher dauerte es nicht lange, bis ich kam. Mein Orgasmus war das dritte Spektakel. Meine Spermamenge und -dynamik beeindruckten sie. „Wahnsinn, schon wieder kommst Du so kräftig", kicherte sie während ich abspritzte und sie brav weiterschüttelte, bis ich verbraucht war. „Liegt an Dir, Du machst es einfach toll.

Wenn Du genauso genial blasen kannst wie wichsen, dann bläst Du mich in den Himmel." „Lass Dich überraschen", schaute sie an die Decke. „Magst Du heute Nacht bei mir bleiben?" Fragte ich sie. „Wenn ich darf." „Du darfst." „Kein anderes Mädel, mit der Du heute Nacht verabredet bist?" „Komm schon, provoziere mich nicht", kniff ich sie in den Hintern. „Ich muss morgen um 8 auf. Um 9 ist Meeting. Wenn Du davor noch kuscheln magst, was ich hoffe, dann sollte ich den Wecker auf 7:30 Uhr stellen." „Einverstanden." Wir schauten fern, bis wir einschliefen.

Der Wecker klingelte. Ich wurde wach und machte mich im Bad frisch. Dann sie. Doch leider klingelte das Telefon. Es war Uwe. Er bat mich, eine halbe Stunde eher zu kommen, da ein Promi am Nachmittag anreiste, der ein besonderes Treatment verlangte. Ich sollte die Verantwortung übernehmen.

„Sorry", teilte ich meiner Maus mit, „das war ein Befehl, dass ich eher da sein muss. Wegen einer Spezialaktion. Ein Promi kommt heute an. Ich soll mich um alles kümmern. Wir hätten jetzt gerade noch 10 Minuten, dann muss ich los. Sorry." „Nicht Deine Schuld. Dann verschieben wir das Kuscheln auf später, ja?" „Ja, ich habe aber erst am Abend Zeit. Zwischen 18:30 und 20 Uhr. Wenn Du 18:30 bei mir bist, haben wir abzüglich Duschen und Frischmachen eine Stunde für uns." „Perfekt", grinste sie.

„Aber ich lass Dich nicht einfach so gehen jetzt. Für einen schnellen Handjob reicht es noch, oder?" Aber sicher! Sie legte sich neben mich und legte ihren Kopf auf meine Brust. Mit Rechts umfasste sie meinen Penis und machte ihn in 2 Minuten steif. Viel Zeit für Erotik und Zärtlichkeit war nicht. Hier ging es mechanisch ums Abmelken. Trotzdem geschah dies mit unglaublich viel Leidenschaft und Talent.

Nach viereinhalb Minuten kam ich. „Ja, schön", stöhnte sie, während ich zuckte und mich entstresste. „Dein Penis fühlt sich so gut in meiner Hand an", küsste sie mich. „Deine Hand fühlt sich so gut um meinen Penis an", küsste ich sie. Ich zeigte ihr den sicheren Weg raus und flitzte zum Chef, den Vater von Quirina, was ich aber noch nicht wusste. Uwe war aufgeregt, denn es war wirklich ein Big Name, der kam. Aus datenschutztechnischen Gründen bleibt der Name hier geheim.

Uwe und ich planten den Ablauf und stellten einige gute Leute aus unseren Reihen bereit. Der Tag verlief klasse. Der Promimann war so nett wie groß. 18:30 war alles in sicheren Händen, und glücklich marschierte ich in Richtung Room. Quirina wartete an einem unauffälligen Ort auf mich, wie vereinbart, und ich schleppte sie die letzten Meter ab.

„So, wir haben eine Stunde für uns, Süße. Ich dusche, dann bin ich bei Dir." Gesagt, geduscht. Im Bett kuschelten wir. Ich legte mich auf sie, küsste sie von oben und streichelte ihren Kopf. Dann küsste ich tiefer, ihren Hals, bis ich ihre Brustwarzen im Mund hatte. Ich lutschte an ihnen, bis sie hart waren. Quirina atmete immer lauter und hektischer. Ich liebkoste ihren wunderschönen Bauch. Tiefer, über ihre Schamhaare, bis ich die Weggabelung von Schamlippen und Klitoris erreichte. Nun aber wollte ich sie endlich lecken. Endlich lecken. LECKEN!

Vierter Versuch. Bevor ich dies tun konnte, drückte sie mich erneut weg: „Das geht mir noch zu schnell. Entschuldige bitte. Mach mit den Fingern. Ich denke, morgen bin ich soweit." Ich schaute entsetzt auf: „Dein Ernst? Ich hatte mich schon so darauf gefreut." „Verarsche! Ich hab Dich auf den Arm genommen. Heute bin ich soweit, Du darfst." YEAH! Ich streichelte von ihren Brüsten runter über ihren Bauch zu ihrem Venushügel. Mit Fingern und Zunge. Dann erreichte ich ihre Schamlippen und ihre Clit.

Tief atmete sie, als ich diese anfing zu stimulieren. Zuerst mit meinem Zeigefinger, dann mit meiner Mittelzunge. Da Quirinas Pussy nicht die erste in meinem Mund war, wusste ich, was zu tun ist, um sie glücklich zu machen. Zärtlich, dann wilder spielte ich züngelnd und saugend mit ihrer Stecknadel. Die Hübsche stöhnte immer lauter, bis sie kam. Sie zerriss mit ihren Händen nun endgültig das arme Betttuch. Ich leckte, saugte und lutschte weiter, während sie noch einen zweiten Orgasmus erlebte. Und ich glaube, auch noch einen dritten.

Danach öffnete sie ihre Augen, strahlte mich an, küsste mich und sagte verliebt „Danke". „Hey, das habe ich voll gern getan, Süße." Kuss meinerseits. „Wenn Du magst, verwöhne ich jetzt Dich", schäkerte sie. „Gerne", legte ich mich auf den Rücken.

Quirina band sich ihre Haare hoch, dann legte sie sich auf mich. Sie knutschte mich. Ich hielt sie fest und knetete ihren perfekten Po. Sie streichelte meinen Kopf, küsste meinen Hals, liebkoste meinen Bauch, bis sie meinen Penis erreichte. Bevor sie ihn in den Mund nehmen konnte, und das war ihr verdammter Plan, drückte ich sie weg: „Das geht mir doch noch zu schnell, Süße. Sorry. Mach bitte mit der Hand, morgen dann mit Mund, okay?" Sie schaute mich mit großen Augen an:

„Hä? Du willst echt nicht, dass ich Dir einen blase? Was habe ich falsch gemacht?" „Verarsche! Ich habe Dich auf den Arm genommen. Natürlich möchte ich! Kann es kaum erwarten, Süße." Wir lachten uns krank. Sie küsste nochmal von meiner Brust runter über meinen Bauch hin zu meinem bereiten Penis. Tief atmete ich, als sie ihn mit ihrer Zunge berührte, umkreiste und in den Mund nahm. Da ich sicher nicht der erste Dong in ihrem Mund war, wusste sie genau, was zu tun ist.

Zärtlich, dann direkter blies sie mir einen, mit Handunterstützung. Genauso, wie ich es liebe. Perfekter Grip, perfekter Blow. Es dauerte nicht lange, bis ich kam. Mein Orgasmus war ein Feuerwerk. Meine Spermamenge und -dynamik beeindruckten sie. Ich kam in ihren Mund, aber ich war zu viel für sie. Sie schluckte was sie konnte, doch ließ einiges über ihre Hand und meinen Schwanz hinauslaufen. Sie hatte mich in den Himmel geblasen. Wir kuschelten noch, bis ich los musste.

Wir verbrachten wieder die Nacht gemeinsam und wiederholten vor dem Schlafen unser Heavy Petting mit Mundeinsatz. Ich hatte noch 2 Tage mit Quirina, ehe sie abreiste. Wir hatten Sex in meiner Mittagspause und abends bzw. nachts vor dem Einschlafen. „Ich möchte so gern mit Dir schlafen, aber in Ruhe dann beim nächsten Mal. In 6 Wochen bin ich wieder da. Kannst Du so lange auf mich warten?"

Ich musste ihr versprechen, bis dahin kein anderes Mädel zu beglücken. Lüge. Sie verabschiedete sich tränenreich. Am übernächsten Abend fickte ich die neue Kollegin Svenja. Doch ein Wiedersehen mit Quirina gab es nicht. Denn Uwe verstarb urplötzlich. Tod. Herzversagen. Gerade mal 5 Tage nach Quirinas Abreise ereilte uns der Schock. Uwe kam zum Abteilungsleiter-Meeting um 8 nicht.

Sein Vize rief ihn im Zimmer an, keine Reaktion. Wir warteten. Er kam nicht. Wir starteten das Meeting. Gleichzeitig lief Sekretärin Dörthe los, um bei Uwe zu klopfen. Er öffnete nicht. Sie öffnete die Tür: Uwe lag auf dem Fußboden und bewegte sich nicht. Er hatte noch die Klamotten vom Vorabend an. Wir riefen den Club-Arzt, doch dieser stellte nur Uwes Tod fest. Todeszeitpunkt war 22:45 Uhr. Er musste auf sein Zimmer gekommen sein und dann muss ihn die Herzattacke erwischt haben, so heftig, dass er keine Hilfe mehr rufen konnte. Es war ein düsterer Tag für uns alle.

Vize-Chef Ferdi übernahm Uwes Aufgaben. Mich traf Uwes Tod hart, er war wirklich ein ganz Netter. Er war wie ein Vater für mich. Er mochte mich sehr. Sein Verlust schmerzte. Am Abend erhielt ich eine traurige Mail von Quirina, in der sie schrieb, dass ihr Vater gestorben sei. Ich wünschte ihr herzliches Beileid und meinte, auch hier im Club sei gerade ein guter Freund gestorben, Clubchef Uwe. „Der Uwe ist mein geliebter Papa." Was?? Ich hatte Sex mit der Tochter meines ehemaligen Chefs? Krass. Wie geil!

Die Trauer überfüllte mich. Zum einen, weil Uwe weg war, zum anderen, weil mir Quirina schrieb, dass sie vorerst nicht mehr in den Club kommen könne. Da Uwe und Ferdi sich nicht gut verstanden, blockierte Ferdi Uwes Familie. Die waren nicht mehr willkommen. So ein mieses Dreckschwein!

Ich versprach Quirina, dass wir uns wiedersehen würden. Taten wir bei meinem nächsten Deutschland-Besuch 4 Monate später. Sie reiste 150 km an, doch swar nicht mehr dieselbe. Der Tod von Vater Uwe hatte sie gezeichnet. Sie war in den 4 Monaten um 4 Jahre gealtert. Sie hatte ihre unschuldige Jugendlichkeit verloren.

Wir verbrachten 2 Tage und Nächte gemeinsam, hatten Sex, schliefen miteinander, aber das lodernde Feuer war weg. Obwohl sie mehr von mir wollte, wollte ich das nicht mehr. Als ich zurück in den Club flog, war mir klar, dass ich Quirina zum letzten Mal gesehen hatte. Ich ließ den Kontakt auslaufen, das war's. Es hätte so schön anders kommen können mit uns …

Blue Man Sex

Ja, ich war blauer Teil der „Blue Man Group". ICH WAR EIN BLUE MAN! Natürlich nicht im großen Rahmen, aber immerhin im Robinson Club. Und wir waren verdammt gut. Wir wurden oft mit der Original Blue Man Group verwechselt. Gäste, die die amerikanische Originalbesetzung gesehen hatten, meinten, wir seien genauso krass unterwegs.

Blue Men ziehen Frauen an. Und als Blue Man kann man seine Fantasien ausleben. Vor der Show oder danach machten wir Gags oder irritierten die Gäste. Ich begab mich gerne auf die Damentoilette. Als Blue Man legitim. Die blauen Männer sprechen nicht, sie sind stumm, ihre Komik ist göttlich. Wir studierten Hunderte Videostunden plus weitere Hunderte Probestunden, um uns diese Komik einzuverleiben.

Irgendwann war klar, dass mir die Idee kam, Sex als Blue Man zu haben. Das erste Mal mit Jeanette, einer Kollegin, die auf mich stand. Sie war Fitnesstrainerin und schminkte mich zum Blue Man. Sie war 3 Jahre älter als ich und absolut austrainiert. Mittellange Haare, eine Powerfrau. Die konnte den ganzen Tag in der Sonne ihre Gruppentrainingsstunden durchziehen und hatte danach immer noch Kraft. Ein Teufelsweib.

Ich mochte sie, doch sie war nicht meine Nummer-1-Wahl, was Sex betraf. Ich flirtete mit, aber zog immer die Grenze. Sie wusste von meinem aktiven Sexleben mit hübschen, weiblichen Gästen, und auch, dass sie nie eine richtige Chance bei mir haben würde. Eines Abends schminkte sie mich wieder zum Blue Man. Sie wollte einen anderen Kleber ausprobieren, also war ich 20 Minuten eher als alle anderen in der Umkleide. Während sie Hand anlegte, fragte sie mich:

„Hast Du als Blue Man schon mal Sex gehabt?" „Nein", antwortete ich, „eine interessante Vorstellung. Ich weiß nicht, welche Frau da mitmachen würde. Als Blue Man sehe ich dann doch anders aus, mit Glatze und ganz blau im Gesicht." „Ich würde mich freiwillig zur Verfügung stellen." Das war eine klare Ansage! „Dein Ernst?" „Naja, Du weißt, dass ich auf Dich stehe.

Und dies ist meine einzige Möglichkeit, Dich ins Bett zu bekommen." Eine ehrliche Haut, die Jeanette. Und ja, Ehrlichkeit muss belohnt werden. „Okay. Heute Abend wirst Du Sex mit einem Blue Man haben." Sie freute sich und schminkte mich fertig. Ich rockte mit meinen Kollegen die Bühne. Danach an die Bar den üblichen Schabernack treiben. Erschöpft stiefelte ich dann zurück zum Theater.

„Momentchen mal", hörte ich Jeanette rufen. „So einfach entkommst Du mir nicht. Du hast mir etwas versprochen." „Ja, sorry, war keine Absicht", rechtfertigte ich meinen Blackout, „ich war in meiner Routine. Natürlich halte ich mein Versprechen." „Komm mit." Sie führte mich in der Dunkelheit in ihr Zimmer. Ich war noch schwitzend blau. Sie legte Handtücher aufs Bett, darauf sollte ich mich legen. „Du relaxt, ich erledige das", tönte sie und zog sich vor mir ihre Jeans aus. Sie hatte kräftige Schenkel. Dann machte sie sich oben nackt. Busen bearbeitet. Aber schön.

Sie zog mir Hose mit Unterhose runter, ich sollte mein schwarzes Blue-Man-Hemd anlassen, ebenso die Handschuhe. Alles sollte so authentisch wie möglich sein. „Am liebsten würde ich jetzt Deinen Schwanz blau anmalen, dann wäre die Szene perfekt", grinste sie. „Endlich gehörst Du mir", küsste sie meinen Bauch und griff dann zu. Sie wichste und blies ihn steif, dann holte sie ein – blaues! – Kondom aus der Schublade und streifte es mir drauf.

Ihre komplett rasierte Muschi setzte sich auf meinen Dong und verschlang ihn. Er war nicht mehr zu sehen. Dann begann sie zu reiten. Zuerst langsam, dann schnell und gierig. Ich fühlte mich seltsam, als Blue Man Sex zu haben. Steckte ja noch komplett in Maske und Aussehen der Freaks. Und doch war es geil. Sehr geil, das Gefühl.

Zudem ritt Jeanette echt gut. Sie war erfahren und sie wusste, wie gutes Reiten geht. Nach 10 Minuten ritt sie mir zu gut. Ich musste kommen. Ich wollte kommen. Ich kam! Gleichzeitig kam auch sie. Als wir fertig waren, stieg sie von mir hinab und fragte: „Und, hast Du auch blaues Sperma abgespritzt?" Wir lachten. Ohne viel über den passierten Sex zu sprechen, ging ich in die Umkleide, um mich zurück zu verwandeln.

Kollegin Jeanette war klar, dass sie unter normalen Umständen keine Chance auf mehr mit mir hatte, also wartete sie 2 Wochen, um mir beim Schminken zum Blue Man erneut klarzumachen, dass ich als blauer Mann ihr gehöre. Ich willigte ein. Nach der bombastischen Show ging es zu Jeanette. Diesmal wollte sie, dass ich sie lecke. „Aber dann wird Deine Muschi blau." „Egal, das ist es ja, was mich reizt. Geleckt zu werden von Dir als Blue Man." Ich tat ihr den Gefallen. Sie schmeckte muskulös und fühlte sich so an. Ich schenkte ihr 2 Orgasmen.

Ich sollte mich hinstellen. Sie kniete sich vor mich, zog mir die Hose runter und blies mich glücklich. Im Spiegel sah ich zu. Der Blue Man bekommt einen geblasen. Schließlich kam ich und sie schluckte mein Sperma weg. 2 Wochen später der nächste Blue-Man-Fick. Diesmal fickte ich sie als Missionar, dann Doggy, und beendete es von oben. Mir war aber klar, dass ich aus dieser Abhängigkeit raus musste. Als sprach ich nach unserem vierten Date ihr freundschaftlich die Sex-Kündigung aus. Das Leben ist halt kein Wunschkonzert.

Ich war geil darauf geworden, als Blue Man auch außerhalb der Bühne mein Unwesen zu treiben. Und die nächste Show sollte eine legendäre werden, besonders die After-Show-Party. Gruppensex finde ich geil, wenn ich der einzige Mann bin. Andere Männer dabei ist nicht mein Ding. Hatte ich nur selten. Dieses Mal aber waren sogar 2 Männer mit dabei! Dirk und Mario waren die anderen beiden Blue Männer.

Mario in festen Händen mit Taucherin Mandy, Dirk ein Lebemann. Dirk war damals 40, alt für einen Robin, aber als Sound & Light darf man das. Wir hatten unsere Nachmittagsprobe für die Abendshow abgeschlossen, da rief uns Dirk zusammen. „Ich habe gerade etwas am Laufen mit einer hübschen Thüringerin. Sie weiß von unserer Show. Sie kommt natürlich. Sie ist mit 2 Freundinnen hier. Die schauen sich das auch an.

Eine eingeschworene Mädels-Frauengruppe ist das. Alle hübsch. Zwischen 25 und 28 sind die. Und als ich sie gestern gefickt habe und ihr von uns, den 3 Blue Men erzählt habe, kam sie auf die Vision, es mit einem Blue Man zu treiben. Wir haken uns fest und heute fragte sie mich, ob ihr beide auch zur Verfügung stündet.

Sie würde ihre 2 Freundinnen heiß machen. Vielleicht würde da ja ein Sechser draus. Eine für jede von uns." Mario und ich nickten: „Wir wären dabei." „Sie gibt mir bis zum Abendessen Bescheid. Wäre eine geile Sache, Jungs." Wie gesagt: Ich bin bis heute kein Freund von Gruppensex, an dem andere Männer als ich beteiligt sind. Aber Dirk und Mario waren für mich wie Brüder. Ein Blue Man zu sein bedeutete eine ganz spezielle Beziehung. Ich hatte im Tagesgeschäft mit Mario nicht viel zu tun, aber als Blue Men verstanden wir uns prima.

Dirk war wie ein älterer Bruder für mich. Wir kannten uns alle nackt, standen nach den Shows gemeinsam unter der Dusche und rubbelten uns gegenseitig sauber. Es geht um die blaue Farbe! Als wir uns zur Show einfanden, um geschminkt zu werden, kam Dirk stolz auf uns zu und meinte: „Geht klar! Nach der Show alle Mann auf Zimmer C 212." Wir stießen mit einem Bier an. Ich wusste nicht mal, wie die 3 Frauen aussahen, Mario auch nicht, aber wir vertrauten Dirk.

Wir rockten die Bühne wie Sau. Dirk gab mir den Befehl, meine Rose einer bestimmten Frau zu überreichen: Seiner Bettgespielin. Als ich vor ihr stand, blickte ich nach links und rechts. 3 hübsche Frauen waren es in der Tat. Wie gern ich diese Rose verschenkte! Ich wusste, dieser Abend kann legendär werden. Wir waren durchgeschwitzt von der krassen Show, doch die Dusche musste warten. Wir wurden als Blue Men gebraucht.

Dirk, Mario und ich zogen noch eine 10-minütige Show am Schachbrett ab, um dann in Richtung Block C zu verschwinden. Bevor wir anklopften, meinte Mario: „Jungs, das bleibt bitte unter uns. Ein Blue-Men-Geheimnis. Mandy darf das nicht erfahren." Wir nickten. Dirk: „Und da drinnen lasst uns Blue Men bleiben. Kein Wort. Ficken und Spaß haben. Danach gehen. Voll in der Rolle bleiben. Mann, das wird geil!"

Wir klopften und die Tür öffnete sich. Die 3 hübschen Ladies wohnten in einem Zimmer für 3. Strahlend empfing uns Lady 1. Keine Ahnung, wie sie hieß, sie war die Flamme von Dirk. Dann kam Lady 2 mit Lady 3. Da ich ihre Namen nicht kannte, beschreibe ich sie: 3 Mal lange Haare, 3 Mal blond, 3 Mal sexy Figur. Alle geschätzt gleich alt, so 26. Alle in sexy T-Shirt und sexy Short. Meine Lanze begann sich zu regen.

Wir huschten hinein und zogen unsere Blue-Men-Nummer ab. „Jungs, Ihr müsst nicht verrücktspielen. Obwohl, geil ist das schon." Langsam machten wir ernst. Jeder von uns ging auf eine Frau zu. Dirk war der Erste. Er nahm seine. Ich der Zweite, ich nahm eine andere. Mario kam als Letzter, er nahm die Letzte. Tatsächlich traute sich Dirks, ihn zu küssen. Sie verblaute sich. Würden auch die anderen Mädels blau werden wollen? JA! Ich sah aus dem Augenwinkel, wie Mario geküsst wurde.

Dann wurde ich geküsst. Sehr gut. Plötzlich fragte meine in die Runde: „Was wollen wir mit unseren blauen Männern veranstalten? Ihnen einen blasen?" „Au ja", kicherte Marios Girl. „Let´s do it!" Ich freute mich! Die Damen zogen uns unsere Hosen runter. Ich erlaubte mir den Gag, noch eine blaue Rose darin versteckt zu halten. Die übergab ich meiner Schönheit, die sich freute. „Jetzt habe ich auch eine", prahlte sie.

Nun kamen unsere Schwänze zum Vorschein. Dirk und Mario hatten längere als ich. Aber das war mir egal. Meine 15 cm sind einfach klasse. Ich schaute nach links: Dirk wurde geblasen. Ich schaute nach rechts: Super Mario wurde geblasen. Ich schaute nach unten: Ich wurde geblasen. Wir 3 schauten uns gegenseitig an: Die Blue Man Group wurde geblasen! Wir genossen es. Ich war Empfänger und Voyeur. Voyeurisierte mich selbst, aber auch das Treiben um mich herum.

Nach 10 Minuten hörte ich Stöhnen zu meiner linken Seite: Dirk kam. Seine Tussi lutschte alles in sich hinein. Ich schätzte seinen Knüppel auf 22. „Gewonnen", grinste die Gewinnerin, „mein Schwanz ist gekommen." Jetzt wurde ich unruhig. Meine Bläserin gab mehr Gas. Sie blies gut, zu viel mit Zunge, aber sonst echt gut. Ich schoss meine Ladungen ab.

Auch meine Hostess schluckte alles. Nun lag es an Mario, die Ehre der Blue Man zu verteidigen. Aber es dauerte bei ihm. Wir schauten gebannt zu. Die Dritte quälte sich ab, aber Mario schien eine ernste Blockade zu haben. „Komm schon, spritz ab", rief Dirk. Ich rammte ihm meinen Ellenbogen in die Seite, er begriff: Nicht sprechen! Die Dritte gab alles, doch Mario konnte nicht. Da gesellte sich mein Mädel dazu, kurz danach kam Mario heftig. Die Blue Man Group zog ihre Hosen hoch und verschwand genauso seltsam, wie sie gekommen war.

Zurück in der Umkleide durften wir sprechen. „War das geil oder war das geil?!", lachte Dirk. Ich umarmte ihn, und auch Mario drückte mit. Er gestand, dass er sich mental schwer getan hatte wegen seiner Mandy. „Du warst ein Blue Man. Vergiss es. Alles gut zwischen Dir und Mandy", beruhigte Dirk ihn. Uns war klar, wir würden so ein blaues Spektakel bei Gelegenheit wiederholen wollen. Insgesamt viermal hatten wir als Blue Man Group Gruppensex mit Frauen. Jedes Mal war Dirk der Initiator. Und es blieb nicht nur bei Blowjobs.

Auch Ficken war dabei. Hauptspektakel war eine Orgie mit 6 Frauen! Dirk hatte organisiert. Es war die Squash-Ladies-Gruppe eines Bundesligavereins. Alles hübsche, sportliche Ladies. Diese Gruppe war mir längst aufgefallen, doch war ich aktuell für 1 Woche vergeben. Die zierliche Clarina war es, die ihr Bett mit mir teilte. Eine 20-jährige Studentin aus Kiel. Schwarzhaarig, klein, niedlich. Mit Stubsnase. Sie wollte Sex mit mir. Sie bekam Sex mit mir. Täglich zweimal. Leider wollte sie nicht schlucken, aber immerhin blies sie.

Sonst machte sie es mir mit der Hand zu Ende oder ich fickte uns glücklich. Vor der Show rief Dirk das blaue Plenum ein und verkündete: „Heute Abend erwartet uns etwas Spektakuläres. Lasst Euch überraschen. Die Blue Men sind gefragt!" Zuerst rockten wir die Bühne, dann trauten wir unseren Augen kaum: Da waren 6 Ladies! Und wir waren 3 Blue Men. Für jeden 2. Ich war der Erste, der sich seine 2 Bettgespielinnen auswählte. Ich kannte ihre Namen nicht, hier zählten nur Gesichter, Hände, Münder, Körper und Muschis. Meine beiden waren die jüngsten Girls im Team. Ich schätzte sie auf 20 und 21. Die anderen waren zwischen 22 und 33. Es waren 2 Zimmer mit Verbindungstür.

Dirk machte es sich mit seinen Fängen auf dem Bett gemütlich. Ich mir auf dem Bett im anderen Zimmer. Mario besetzte das Sofa in Raum 1. Was die beiden Jungs trieben, interessierte mich wenig. Die Blue Man Group hatte sich soeben getrennt. Ich sah zu, wie sich meine Girls auszogen und sich mir zu Füßen knieten. Plötzlich kam die eine auf die Idee, Fotos zu schießen. Sie holte ihre Kamera und fragte: „Darf ich?" Ich nickte.

Sie fotografierte, wie die andere an meinem Penis arbeitete. Dann tauschten die Girls. Ich lag da wie der blaue Fels in der Brandung und strahlte innerlich, während sich mein äußerlicher Gesichtsausdruck beherrschte. Typisch Blue Man. Sie schossen eine Menge Fotos, mit meinem Dong in ihren Händen und Mündern, an ihren schönen, festen Titten.

Mein blaues Gesicht war immer drauf. Das war ihnen wichtig. Ohne Vorwarnung kam ich, denn Blue Men sprechen ja nicht. Es war die Blonde, die dran war. Als ich ihr meine erste Ladung in den Mund jagte, wichste auf ihre Brüste zu Ende. Die andere schoss Erinnerungsfotos an dieses Trainingslager. Beide Mädels kicherten: „Blaues Sperma hast Du aber nicht." Sie säuberten meinen Genitalbereich, ihre Hände und Körper und legten sich in meinen Arm. Eine links. Eine rechts.

So lagen wir, bis wir aus Raum 1 Stöhnen hörten. Dirk. Dann Jubel der Damen. Kurz darauf Jubel 2. Also war auch der Mario-Fremdgeher gekommen. Als Minuten später 2 sexy Frauen meinen Raum betraten, blickte ich hoch. Sie schlugen einen Blauen-Mann-Tausch vor, doch meine beiden hatten etwas dagegen: „Dieser Bläuling ist unserer!" „Kommt schon, die Absprache war eine andere", meckerte die lange Brünette, die mir auch gut gefiel. Etwa 26. Aber die Teenies setzten sich durch: „Dann tauscht drüben, wir wollen den." Sie hatten mich verteidigt wie einen Löwen. Üblicherweise spreche ich mit meinen Frauen nach dem Sex, aber ein Blue Man darf das nicht.

Auch drüben hörte ich keine Männerstimme. Gut so, Jungs! Ich zog mir die Hose hoch und zeigte meinen Mädels, was ich vorhatte: Lecken. In Blue-Man-Montur startete ich oralen Sex an Girl 1. Es war die blondere Blondine von beiden. Sie war so jung und schön, ihr Körper heiß-hot. Keine Schamhaare, dafür süße Schamlippen und eine dynamische Klitoris.

„Eine blaue Zunge hat der aber nicht", kicherte Girl 2, während die hellrot-normale Zunge Girl 1 stimulierte. Girl 2 lag nicht nutzlos da, sie griff zur Kamera und schoss Fotos ihrer Sportkameradin, wie sie von einem Blue Man geleckt wurde. Plötzlich kam meine Empfängerin. Laut und heftig. „Mach weiter, einfach weiter", keuchte sie, nachdem ich aufhören wollte. So schenkte ich ihr 2 weitere Highlights.

„Ich mag auch mehrfach kommen, Du scheinst das zu können, blauer Mann", grinste mich Girl 2 an. Girl 1 und Girl 2 tauschten Plätze. Ich schlürfte eine neue Pussy. Diese hatte einen Irokesen, einen hellblonden, scharf! Auch ihr Körper war jung und sexy. Zum Verführen gebaut, zum Ficken gemacht. Ihre Pussy schmeckte noch besser. Also gab ich mir große Mühe, sie artgerecht zu bedienen. Girl 1 schoss nun Fotos von ihrer Busenfreundin und mir, dem blauen Mysterium. Girl 2 kam brutal. Es waren 3 Highlights. Was in Raum 1 passierte, war mir egal. Es war sicher auch etwas Sexuelles. Nun war ich fit für Ficken.

Kondome lagen auf dem Betttisch. Ich reite den Blue Man zuerst", rief die Blondere und setzte sich durch. Ich hielt gut und steif hin. Nach ein paar Minuten stieg Lady 2 auf mich. Beide Pussys fühlten sich himmlisch an. Da kamen die beiden Sportlerinnen von vorhin rein. „Ich will auch reiten", rief die eine und schubste die aktuelle Reiterin fast vom Bett. Sie nahm auf dem Kondom Platz und ritt mich mit Augenkontakt. „Jetzt ich", rief ihre Begleiterin. Auch sie durfte. Sie war etwas weit, aber das gab mir Zeit, länger zu genießen. Mittlerweile waren Mario und Dirk im Zimmer, ebenso die fehlenden Ladies. Mario guckte wie eine Ölsardine. Dirk erkannte seine Chance und signalisierte, dass auch er nun ficken wolle.

Stehend von hinten nahm er eine meiner. Marios Groupies wurden auch zu meinen. „Wir wollen auch diesen jenen Blue Man haben." So kam es, dass auch sie mich ritten. Ich wurde innerhalb von 30 Minuten von 6 bildschönen Frauen geritten! Ich hielt megalange durch und spritzte in der finalen Reiterin ab. Was für eine Erlösung! Dirk kam von hinten in einer anderen, nur Mario beließ es bei einmal Kommen. Er war ein paar Jahre älter als ich, ich zeigte Verständnis.

Es war ein krasser Abend gewesen, einer, den ich nie vergessen werde. Bis heute ist er mir unglaublich präsent in Kopf und Schwanz. Als Single Blue Man vernaschte ich während meiner Robinson-Zeit noch die eine und die andere Lady in Kostüm und Maske. Die eine und die andere Erinnerung auf Video ist bis heute mein.

Ariel

Robinson war Geschichte. Ich war zurück in Deutschland, um meine Karriere im TV-Geschäft zu starten. Ich lebte mittlerweile in eigenen 4 Wänden. Laut war es nebenan, denn Nachbar Georg zog aus. Stattdessen las ich „Heinze" auf dem Klingelschild. Und es wurde ungemütlich: Laute Musik ertönte schon am ersten Nachmittag. Bis tief in die Nacht hinein. Und komisches, langhaariges Gesindel war fast täglich im Haus anzutreffen. Zottelige Hippies. Bäh!

Ich wunderte mich, wer mein neuer Nachbar war, aber mir war klar: Ich mochte ihn oder sie nicht! Dass es eine „sie" war, entdeckte ich, als dieses kleine, rothaarige Rötzmädel im Pippi-Langstrumpf-Look die Tür aufschloss. Sommersprossen, seltsame Kleidung, Zöpfe, Strümpfe. Sexy war das nicht, sondern nervig. Ich sprach sie an, stellte mich als Nachbar vor und bat sie um mehr Ruhe und Anstand im Haus. Sie schaute mich mit großen Augen an.

Ihre Ausreden, sie wohne hier und dürfe tun und lassen, was sie wolle, ließ ich nicht zählen: „Mädchen, hier gelten Regeln und Sitten. Deine Musik ist zu laut, Deine Besucher gehören nicht hierher, sondern in den Zoo. Wir sind ein anständiges Haus mit Moral, bitte passe Dich der Gemeinschaft an. Danke." Mit diesen Worten verschwand ich und schloss die Tür von innen. So eine Göre hatte mir gerade noch gefehlt! Sie war vielleicht 20, höchstens 21.

Eine Kunststudentin, wie ich erfuhr. Dass die überhaupt ein Abi hatte, wunderte ich mich. Schnell wurde sie zu meinem roten Tuch, denn an meine Regeln hielt sie sich nicht. Immer wieder tönte ihre Musik laut, vor allem nachts, wenn ich schlafen wollte. Sie hörte komische, keltische Musik, auch Heavy Metal von der düsteren Sorte.

Wenn ich ein Mädel bei mir hatte zum Ficken, dann ertönte diese schräge Mucke und übertönte meine romantische Kuschelmusik. Ich knallte ihr dann kurz die Tür ein und drohte mit der Polizei, wenn sie nicht sofort runterdrehen würde. Dann fickte ich meine Eroberung in aller Ruhe glücklich.

Jedes Mal, wenn ich auf Ariel stieß, guckte sie mich seltsam an. Wie einen Außerirdischen. Ich traf überzufällig häufig auf Ariel, die mich stalkte. Immer wenn ich ein Mädchen mit nach Hause brachte, bekam sie es mit. Entweder stand sie an ihrem Briefkasten oder sie verließ die Wohnung, als wir kamen. Einige Male waren wir gleichzeitig auf unseren Balkonen.

Sie wusste schließlich genau über mich und mein Liebesleben Bescheid. Wer kam und wer ging. Und hörte sicher zu, wenn ich es trieb. Ich wusste nicht viel über sie, wollte ich auch nicht. Sie interessierte mich nicht, weder als Nachbarin, noch als Frau, noch als Sexualbeute. Wer ihre Stecher waren, war mir wurscht. Vielleicht war sie lesbisch. Oder bi. Oder pervers, mit Tieren und Schlangen. Ich sortierte all jene Gedanken aus und fokussierte mich auf mich.

Doch eines Abends klingelte die Rothaarige bei mir. Ich öffnete und erschrak. „Muss mit Dir reden", flüsterte sie, „darf ich rein?" Ich hatte keine Zeit, besser gesagt keine Lust. „Sorry, aber ich erwarte Besuch. Ein anderes Mal." 2 Tage später klopfte sie erneut. „Hi, geht´s heute?" „Ich muss gleich weg, habe einen Termin", den ich tatsächlich hatte, entschuldigte mich, zog meine Schuhe an und verließ meine Bude.

Am Folgetag versuchte Ariel erneut ihr Glück. Ich hatte einen miesen Tag gehabt, mir war sowieso alles egal, also hinein mit ihr. „Was willst Du?", griff ich sie an. „Ich bin Ariel", stellte sie sich vor und streckte mir ihre Hand zu. Ich drückte sie und stellte ihr eine Cola hin. „Wir hatten keinen guten Start, das tut mir leid. Ich bitte Dich um eine Chance, einen Neuanfang." Ich lachte: „Du bist mir ja eine. Erzeugst Chaos und sorgst für trouble in paradise, und dann soll auf einmal alles gut sein?"

Sie schluckte und schaute mich mit ihren großen Augen an. Ich betrachtete sie ebenso: Da saß tatsächlich Pippilotta Viktualia Rollgardina Pfefferminz Efraimstochter Langstrumpf in meinem Zimmer! Null Erotik, nur ein bunter, schmaler, schräger Vogel. „Ist gut, ich nehme Deine Entschuldigung an. Frieden." Sie freute sich. Sie erzählte von ihrer ausradierten Familie aufgrund eines Brandes. Sie war die einzige Überlebende, da sie nicht zu Hause war in besagter Unglücksnacht. Vater, Mutter, 2 Schwestern, 1 Bruder – alle vernichtet.

Ich sprach ihr mein Beileid aus. „Hast Du eine feste Freundin?",
wollte sie wissen. „Mehrere", lächelte ich, „aber das wirst Du ja
wissen, Du siehst die meisten von ihnen ja irgendwie immer."
„Du", senkte sie den Kopf, „ich muss Dir etwas sagen … Ich
bin in Dich verliebt." Ich schluckte. Was?? Kann doch nicht
wahr sein. Auch das noch! „Aber ich nicht in Dich", war meine
Antwort. Ich war damals zwar schon in mächtiger Sammellau-
ne, aber nicht jede. Der Womanizer nahm sich nur die Besten.
Die Heißen. Die Schönen. Die Reizvollen.

Die Pippi war nichts davon. „Sorry", schüttelte ich den
Kopf, „nichts zu machen." Erniedrigt blickte mich die rothaarige Chaotin an: „Keine Chance?" „Nein, überhaupt keine", konterte ich. „Schade", stand sie auf und verließ fast heulend meine
Wohnung. „Danke trotzdem für Deine Zeit." Mir war egal, wie
viel sie an diesem Abend trauerte, ich hatte längst das nächste
Sex-Date für den Folgeabend organisiert. Ein paar Tage später
klopfte Ariel erneut an meine Tür: „Ich muss nochmal mit Dir
reden. Bitte", forderte sie Einlass.

Ich ließ sie herein. „Was gibt's?", fuhr ich sie rau an.
„Ich weiß, dass ich keine Chance bei Dir habe, das hast Du mir
letztens klar zu verstehen gegeben. Daran hat sich nichts geän-
dert, oder?" „Nein", bestätigte ich. „Okay. Aber schenkst Du
mir wenigstens eine Nacht mir Dir?" „Warum sollte ich?" „Naja, Du bist sexuell doch sehr offen. Hab nicht mitgezählt, wie
viele Mädels ich bei Dir schon gesehen habe." „Das geht Dich
auch nichts an, Ariel", fuhr ich ihr ins Gerede. „Ich weiß. Aber
ich meine ja nur. Vielleicht könntest Du Dich zumindest auf
eine Nacht mit mir einlassen. Das würde mir viel bedeuten."

„Mir aber nicht", fertigte ich sie ab. „Du bist nicht mein
Typ. Dir ist sicher aufgefallen, dass die Mädels, die ich habe,
anders aussehen aus Du. Ich mag sexy, nicht Pippi." Das hatte
gesessen. Jetzt begann die Kleine zu flennen. „Warum bist Du
so gemein zu mir? Ich habe Dir nichts getan."

Da hatte sie Recht. Ich war wohl etwas zu weit gegangen. „Tut mir Leid, so habe ich es nicht gemeint", beruhigte ich
sie. „Was ich damit sagen will, ist, dass Du einfach nicht mein
Typ Frau bist. Was soll ich denn machen?" „Gib mir zumindest
eine Chance. Einen Strohhalm. Eine Chance auf eine Chance.

Irgendetwas." Ganz Unmensch bin ich ja nicht, also wollte ich ihr diesen Gefallen tun. „Pass auf: Wir können auf etwas wetten. Wenn ich gewinne, ist das Thema vom Tisch. Solltest Du gewinnen, bekommst Du mich für eine Nacht." Die Ariel blickte auf. „Ehrlich? Dein Ernst?" „Ja, so fair bin ich." Ariel strahlte. Ich hatte mir längst zurechtgelegt, um was wir wetten. Fußball! Da bin ich großer Experte. Ich verfolge die Bundesliga und bin immer auf dem aktuellsten Stand.

Da kenne ich mich verdammt gut aus. Und es gibt ja die Fußball-Wetten, die Tipp-Spiele. Da wettet man vor dem Spiel, welche Mannschaft gewinnt oder ob es ein Unentschieden gibt. Beispiel: FC Bayern München gegen SV Werder Bremen. Würde ich an einen Sieg der Münchener glauben, wette ich 1. Würde ich an einen Sieg der Werderaner glauben, wette ich 2. Würde ich auf ein Remis setzen, wette ich 0.

Die Bundesliga hat 18 Mannschaften, also gibt es an einem Spieltag 9 Spiele. „Wir wetten auf Fußball, auf den kommenden Spieltag", erklärte ich ihr. Sie rollte mit den Augen. „Ich gebe Dir ein Beispiel: Hannover 96 gegen Borussia Mönchengladbach. Würde ich an einen Sieg der 96er glauben, wette ich 1. Würde ich an einen Sieg der Fohlen glauben, wette ich die 2. Würde ich auf ein Remis setzen, wette ich 0. Hast Du es verstanden?" „Wer sind die Fohlen?", fragte sie naiv. Ich rollte mit den Augen. „So nennen sich die Gladbacher, war aber ja nur ein Beispiel. Hast Du verstanden, wie das Ganze funktioniert?"

„Ja, aber ich habe keine Ahnung vom Fußball." „Ich ja auch nicht", belog ich sie, „daher schlage ich dieses Thema vor, da dann der Zufall entscheidet, und nicht das Wissen. So ist gewährleistet, dass Du eine faire Chance hast." „Danke", bedankte sie sich. „Komm morgen um dieselbe Zeit vorbei wie heute. Ich organisiere Spielscheine,. Und, steht der Deal?

Wenn ich gewinne, sind die Themen In-mich-verliebtsein und Sex-mit-mir vom Tisch. Solltest Du gewinnen, dann bekommst Du mich für eine Nacht." Sie schüttelte meine Hand wild, wollte gar nicht mehr loslassen. Als Ariel strahlend ging, strahlte auch ich. Diese Wette würde ich zu 110 Prozent gewinnen. Als Experte des Fachs. Ich schnappte mir offizielle Spiel-Wettscheine für den nächsten Spieltag.

Am Abend klopfte Ariel und trat aufgeregt ein. Ich drückte ihr ihren Spielzettel in die Hand und erklärte: „Also, wir wetten auf die 9 Partien des kommenden Spieltages. Die finden alle am Wochenende statt. Beispiel: VfL Bochum gegen Borussia Dortmund. Würde ich an einen Sieg der Bochumer glauben, wette ich 1. Würde ich an einen Sieg der Borussen glauben, wette ich die 2. Würde ich auf ein Remis setzen, wette ich 0. Verstanden?" „Ja, kapiert", nickte Ariel und griff nach einem der 2 Kugelschreiber.

„Wie viel Zeit habe ich?" „Genauso viel wie ich. Sagen wir 5 Minuten." Die Kleine glotzte auf den Zettel und wusste nicht, was sie tun sollte. Ich tippte alle Spiele nach bestem Wissen und Gewissen. Als ich fertig war, schaute ich Ariel an, die noch überlegte. Als sie meine Blicke wahrnahm, schrieb sie die offenen Felder voll mit den Zahlen 0 bis 2 und überreichte mir den Zettel. Ich schaute kurz drauf und dachte: Armes, kleines Ding! Keine Ahnung von Fußball. Nach dem Wochenende würde sie mich endlich in Ruhe lassen müssen.

Wir verabredeten uns für Samstagnachmittag. Ich wollte ihr die Schmach live schenken, Face to face, wenn sie ihre Niederlage erfährt und klein beigeben muss. Samstag. Schöner Tag. Siegertag! 15:20 Uhr klopfte es und Ariel kam bunt wie Pippi herein. Ich spendierte ihr eine Cola, mir auch. Dann schaltete ich den Fernseher an und packte unsere Prophezeiungen auf den Tisch. An diesem Spieltag fanden alle 9 Spiele parallel am Samstagnachmittag statt. So würden wir in 2 Stunden alle Ergebnisse haben und unsere Wette auswerten können.

Als großer Fußballkenner war ich mir sicher, 70 Prozent richtig vorausgesagt zu haben, mindestens! Meine Einschätzungen:

Energie Cottbus gegen Arminia Bielefeld 0
FC Nürnberg gegen Hamburger SV 2
Bayern München gegen VfL Wolfsburg 1
Hannover 96 gegen Hertha BSC 1
Hansa Rostock gegen VfB Stuttgart 2
Bayer Leverkusen gegen Borussia Mönchengladbach 0
Borussia Dortmund gegen 1860 München 0
Werder Bremen gegen 1. FC Kaiserslautern 2
VfL Bochum gegen Schalke 04 2

Ja, ich fühlte mich sehr wohl mit diesen Voraussagen. Wusste, wie stark jede Mannschaft aktuell war und wie die Leistungskurven aussahen. Hier die Tipps von Fußball-No-Name Ariel:

Energie Cottbus gegen Arminia Bielefeld 1
FC Nürnberg gegen Hamburger SV 2
Bayern München gegen VfL Wolfsburg 2
Hannover 96 gegen Hertha BSC 2
Hansa Rostock gegen VfB Stuttgart 0
Bayer Leverkusen gegen Borussia Mönchengladbach 2
Borussia Dortmund gegen 1860 München 1
Werder Bremen gegen 1. FC Kaiserslautern 1
VfL Bochum gegen Schalke 04 1

Die Live-Übertragung war sehr spannend. Top kommentiert und dank des „Tor-Umschaltmodus" attraktiv. Wir glotzten. Ich fieberte mit, Ariel schaute nur zu. In der ersten Halbzeit stiegen wir auf Bier um. Die zweite verging wie im Flug. Dann waren alle Spiele zu Ende und die Ergebnisse standen:

Energie Cottbus gegen Arminia Bielefeld 2:1
FC Nürnberg gegen Hamburger SV 1:3
Bayern München gegen VfL Wolfsburg 1:0
Hannover 96 gegen Hertha BSC 0:1
Hansa Rostock gegen VfB Stuttgart 1:1
Bayer Leverkusen gegen Borussia Mönchengladbach 2:2
Borussia Dortmund gegen 1860 München 1:0
Werder Bremen gegen 1. FC Kaiserslautern 5:3
VfL Bochum gegen Schalke 04 0:2

Ich schnappte mir unsere Zettel und markierte jeweils die richtigen Tipps.
Womanizer:

Energie Cottbus gegen Arminia Bielefeld 0
FC Nürnberg gegen Hamburger SV 2
Bayern München gegen VfL Wolfsburg 1
Hannover 96 gegen Hertha BSC 1
Hansa Rostock gegen VfB Stuttgart 2
Bayer Leverkusen gegen Borussia Mönchengladbach 0
Borussia Dortmund gegen 1860 München 1
Werder Bremen gegen 1. FC Kaiserslautern 2
VfL Bochum gegen Schalke 04 2

Ich war zufrieden. Über die Hälfte richtig. 5 Treffer von 9. Ja!

Der Experte ist der Experte. Ein paar komische, nicht vorhersagbare Ergebnisse waren dabei, aber so ist halt Fußball. Nun schnappte ich mir Ariels Zettel und bearbeitete diesen, mit folgendem, für mich schockierendem Resultat.
Ariel:

Energie Cottbus gegen Arminia Bielefeld 1
FC Nürnberg gegen Hamburger SV 2
Bayern München gegen VfL Wolfsburg 2
Hannover 96 gegen Hertha BSC 2
Hansa Rostock gegen VfB Stuttgart 0
Bayer Leverkusen gegen Borussia Mönchengladbach 2
Borussia Dortmund gegen 1860 München 1
Werder Bremen gegen 1. FC Kaiserslautern 1
VfL Bochum gegen Schalke 04 1

Wie bitte?! Diese Schlampe hatte 6 Richtige?! Einen mehr als ich?! Das kann nicht wahr sein! Ich verglich nochmal. Tatsächlich. Die Unwissende hatte gewonnen! Sie hatte mein Fußballwissen besiegt. Als Pippi Nobody. „Wie ist es ausgegangen?", fragte sie mich mit großen Kulleraugen. Ich konnte nicht tricksen, also musste die Wahrheit ans Licht: „Du hast unsere Wette gewonnen", gab ich zu. „Ich weiß nicht, wie Du das gemacht hast, aber Du hast 6 Richtige, ich 5. Du hast mehr Glück als Verstand gehabt. Ich kann es nicht begreifen."

„Juhu! Ich habe gewonnen!", sprang sie auf und tanzte den Pippilotta-Viktualia-Rollgardina-Pfefferminz-Efraimstochter-Langstrumpf-Tanz in meiner Bude. Das Ergebnis stand: Sie hatte mich für eine Nacht gewonnen. Unfassbar! „Pass auf, ich möchte Deinen Jubel nicht schmälern oder Dir Deinen Moment nehmen. Fakt ist: Du hast unsere Wette gewonnen, und damit mich für eine Nacht. Aber nur für eine! Ich werde meiner Verpflichtung nachkommen und Dir das geben, was Du möchtest, aber das war´s dann.

Danach ist das Thema erledigt und wir sprechen nie mehr darüber, verstanden?" Glücklich sprang Ariel mir entgegen und drückte mich fest. „Danke! Danke!!" Sie nervte mich. Ich beschloss, mein Opfer schnellstmöglich hinter mich zu bringen. „Wenn Du magst, erledigen wir das gleich heute." Schlug ich Ariel vor. „Au ja, magst Du rüber zu mir?" „Ich komme später, so gegen 21 Uhr zu Dir. Passt das?"

„Ja", strahlte sie und ging mit ihrem Wettschein in ihre Wohnung. Mann, was hast Du Dir eingebrockt? Ging mir durch den Kopf. Okay, eine Nutte mehr wird es in meiner Sammlung sein, aber eine, auf die ich keinen Bock hatte. Der Abend kam, ich machte mich frisch für Ariel. So viel Anstand muss sein: Rasieren. Parfüm auftragen. Haare stylen. Shirt und Jeans. Sneakers. Ein Blick in den Spiegel. Bringen wir´s hinter uns.

Ich klopfte bei Ariel. Doch nicht Pippi öffnete, sondern eine andere Ariel. Eine, die mir gefiel. Sie hatte sich schick für den Abend mit mir gemacht. Trug bauchfreies Top und Minirock. Ich stand da mit offenem Mund. Sie hatte sich verführerisch geschminkt und war mehr sexy Lady als Pippilotta Viktualia Rollgardina Pfefferminz Efraimstochter Langstrumpf. Meine Kinnlade hing. „Komm rein", säuselte Ariel. Ich setzte mich auf das Sofa und starrte sie an. „Was ist los?", fragte sie mich.

„Ich habe Dich kaum erkannt, Du siehst so anders aus. Ziemlich heiß, muss ich zugeben." „Danke", kicherte sie und revanchierte sich mit einer Cola für mein Gastgeschenk vom Nachmittag. „Lass Dich sehen", forderte ich sie auf, sich in Pose zu stellen. Ich scannte sie: Ihre roten Haare frisch gewaschen und frisiert hingen lang herunter. Ihre Augen waren stark betont. Schön waren sie! Hübsche Nase, hübscher Mund. War mir alles so nie aufgefallen bisher. Schöne Hände. Bunte Fingernägel. Ich sah 5 vFarben, an jeder Hand ein kleiner Regenbogen.

Ihre Brüste schienen eher klein zu sein, aber schön. Die Form drückte sich durch ihr enges Top. Große Brustwarzen. Schlanker Bauch, Nabel-Piercing. Hübsche Beine. Ariel zeigte viel Oberschenkel, der Rock war kurz. Und mit kurz meine ich sehr kurz. Von unten sah ich schon das Höschen blitzen. Hot! Auf einmal war das Opfer kein Opfer mehr! Zwar nicht meine Traumfrau, dennoch ein heißer Feger. Ehrlich gesagt: Ich hatte Lust auf sie! Hatte ich mich in ihr getäuscht, oder hatte sie es geschafft, mich zu blenden? Versprochen war versprochen.

Also stand ich auf und ging auf Ariel zu. „So, ich gehöre heute Nacht Dir. Was schwebt Dir vor? Ich gebe mir Mühe, Dir einen tollen Abend zu schenken." Sie nahm mein Gesicht in ihre Hände und küsste mich. Mit ihren 1,64 m musste sie sich hochbeugen, um meine Lippen zu erreichen. Sie erreichte sie.

Und küsste mich vorsichtig, dann leidenschaftlich. Ich spürte ein Zungen-Piercing. Sie schmeckte gut, also küsste ich mit. Sie nahm meine Hände und drückte sie gegen ihre kleinen Hupen. Ich griff zu und tastete junge Brüste. Die musste ich näher spüren, also glitten meine Hands unter ihr Shirt. Ariel genoss es. Auch ich wurde geil. Da sie keine Anstanden machte, weiterzumachen, flüsterte ich: „Und, was möchtest Du machen?" „Ich würde Dich gerne verwöhnen, wenn ich darf." „Ja, darfst Du.

Du hast die Wette gewonnen, Du darfst alles machen, was Du möchtest." Sie kniete sich hin und öffnete meine Hose. Sie schob diese hinab, zum Vorschein kam mein Dong. Diesen küsste sie zärtlich und nahm ihn zuerst in die linke Hand, dann – nach ein bisschen Wichsen – in ihren Mund. Junge, das war das schönste Opfer, das ich jemals geben musste. Ariel entpuppte sich als begabte Bläserin. Sinnlich lutschte sie meinen Dödel, dass mir schwindelig wurde. Ich merkte, dass ich kurz vor dem Orgasmus stand. Schon, nach nicht einmal 3 Minuten Blowjob.

„Wenn Du so weiter macht, komme ich", flüsterte ich. „Ich möchte aber unbedingt mit Dir schlafen", schaute sie mich flehend an. „Keine Sorge, dafür habe ich danach noch Power. Blas erst mal so schön zu Ende, danach schlafe ich mit Dir. Versprochen." „Danke", schluckte Ariel und blies geil weiter. 45 Sekunden später hatte sie mich: I came! Pippilotta Viktualia Rollgardina Pfefferminz Efraimstochter Langstrumpf atmete laut, als ich ihr meine Spermaladungen ins Maul schoss.

Gekonnt blies sie weiter und schluckte alles, sodass sie nicht erstickte. Als ich alle war, ließ ich mich auf ihre Couch fallen. Ariel kam zu mir und legte sich auf mich. Sie wog nicht viel, 48 kg. „War das okay für Dich?" „Okay? Das war sogar sehr schön", lobte ich die Rothaarige, die mir von Minute zu Minute besser gefiel. „Für mich geht ein Traum in Erfüllung", schmachtete sie. „Ich bin sehr glücklich."

„Ich kann Dich noch glücklicher machen", zwinkerte ich und drehte uns um. Nun lag ich oben. Ich zog ihr das Shirt aus und griff unter ihren Minirock. Schnell hatte ich ihren Slip in der Hand. Weg damit! Dann hatte ich Metall in der Hand. Piercings ohne Ende zählte ich. Das musste ich mir näher anschauen!

Ich streifte ihr den Rock ab und sah ein Dutzend Teile in ihrer Muschi. Diese war bis auf einen roten Irokesen blank rasiert. Der Irokese war wellig, ein „S". Eine geschwungene Linie. Interessant,. Es steckten Piercings an ihrem Venushügel, andere an ihren Schamlippen, ein funkelndes direkt in ihrer Klitoris. Diese Muschi war eine Besondere! Ob ich da überhaupt reinkomme? Zuerst wollte ich sie erkunden, also küsste ich Pippis Brüste, dann ihren Bauch, dann ihre Muschi. Kein Speck. Die Maus genoss es, als ich zwischen ihren silbernen Piercings ihre empfindlichsten Stellen mit meiner Zunge bediente.

Vorsicht war geboten, da ich andauernd ein Metallteil im Mund hatte. Einen Zahn wollte ich mir nicht ausschlagen. Und statt Muschi schmeckte ich mehr Metall. Trotzdem fand meine Zunge die richtigen Knöpfe bei Ariel. Ihr Orgasmus zählt bis heute zu den stärksten, die ich je bei einer Frau gesehen habe. Schon 2 Minuten, bevor es soweit war, wurde Ariel optisch, physisch und emotional immer unruhiger.

Ich leckte und saugte ihre Clit, bis sie sich den Teufel aus dem Leib schrie. Krampfend erlebte sie ihr Gefühlschaos im Taka-Tuka-Land und der Villa Kunterbunt zugleich. Herr Nilsson und der Kleine Onkel waren nicht da, auch nicht Tommy und Annika, aber die waren auch nicht vonnöten. Schließlich war ich da. Und ich so war baff seitens dieses heftigen Orgasmus, dass ich das Spektakel noch mal sehen und erleben wollte.

Also leckte und saugte ich weiter, bis Ariel 5 Minuten später ein äußerst brutaler Doppel-Orgasmus heimsuchte. Die Maus schwebte eine Minute auf Wolke 107. Dann ließ ich von ihr ab und küsste sie. Ihr liefen vor Glück Tränen herunter. „Das ist der schönste Tag meines Lebens", strahlte sie mich an.

Plötzlich hörte ich Pippi schlafen. Sie war weggedöst. Ich verzichte auf den Beischlaf und schlief zufrieden ein. Sonntag war auch mein freier Tag, also kein Wecker. 7:15 Uhr wachte ich auf. Die Kleine schlief noch. Wer nicht mehr schlief, war mein Dong. Er war knüppelhart! Durch meine Toilette wurde Ariel wach und empfing mich mit offenen Armen. „Danke für gestern. Du hast mich zur glücklichsten Frau gemacht." Küsste sie mich. Ich schaute sie an: Sie war gerade erwacht und schon wieder so süß.

Von der verzausten, verlausten, bunten, nervigen Kindsfrau Pippi ist nicht mehr viel zu sehen gewesen, stattdessen lag da die hübsche Ariel. Plötzlich begann sie zu weinen. „Was ist los?", fragte ich sie erstaunt. „Es ist früher Morgen, Du hast Deinen Wetteinsatz eingelöst. Und ich habe nicht mit Dir geschlafen. Jetzt bist Du mir nichts mehr schuldig. Ach, warum bin ich gestern Abend nur eingeschlafen, ich blöde Kuh?!"

„Alles gut, Ariel", tröstete ich, „das Miteinander-Schlafen machen wir noch. Ich bin noch da. Hier, bei Dir. Ich weiß, dass das Dein Wunsch ist. Und ich erfülle ihn Dir." „Wirklich? Tausend Dank, das ist wundervoll, Du bist der Beste!" Ich küsste sie und startete das Leck-Spiel. Vor dem Ficken wollte ich ihr mindestens einen Orgasmus schenken. Das gelang mir problemlos. Sie bebte wieder wie ein Erdbeben der Stärke 107.

Mein Pimmel war steif, diese interessante Metall-Pussy zu füllen. Ein Kondom hatte sie nicht. Ich wollte eines holen, doch sie meinte, die würden durch den Intimschmuck reißen. Also ohne. Auch gut. Als Missionar drang ich in Ariel ein. Ihr Kanal war eng, warm, schmal, pulsierend. Ich begann langsam zu nageln. Die Ariel schaute mich verliebt an und passte ihren Atemrhythmus dem meinen an. Nach ein paar Minuten schlug ich Doggy vor und sie hielt mir ihren formschönen Hintern hin.

Auch Reiten kam dran. Sie auf mir. Ich liebte es, ihren welligen Schamhaarstrich zu sehen, dazu den Schmuck drum herum. So wollte ich kommen! Doch zuerst war Ariel dran, die einen vaginalen Orgasmus auf mir erlebte. Sie schrie wie am Spieß. Ritt aber beherzt weiter. Ich spürte ihre Kontraktionen, was meinen Höhepunkt in die Wege leitete. Ich kam auch bombig. Und füllte ihre Pippi-Pussy mit meinem Saft.

Als sie ausgeritten hatte, stieg sie ab und lief aus. Sie küsste mich überglücklich: „Ich weiß, dass Du mich nicht so gern hast wie ich Dich und dass dies unser einziger Sex gewesen ist, aber dafür danke ich Dir von ganzem Herzen. Für den gestrigen wunderschönen Abend, für die Nacht und das gerade eben. Ich werde es nie vergessen!" Cut. Am selben Abend fickte ich Daniela, eine meiner Affären zur damaligen Zeit. Mir war in Sachen Ariel klar: Sie öfter zu ficken wäre zwar geil, aber kompliziert, da die Maus große Liebe für mich empfand.

Ich aber wollte frei sein und mich austoben. Ich würde sie verletzen. Das wollte ich ihr nicht antun. Also lebten wir sexuell ohne einander weiter und beließen es bei der Einlösung des Wetteinsatzes. Einige Wochen später übermittelte mir Ariel eine traurige Nachricht. Sie würde ausziehen. Müssen. Da ihre Miete erhöht wurde und sie das nicht stemmen konnte. Armes Ding. „Wenn Du magst, schenke ich Dir zum Abschied noch eine gemeinsame Nacht." „Dein Ernst?"

„Ja, sonst hätte ich es Dir nicht angeboten. Ich gehöre nochmal eine Nacht Dir, wenn Du möchtest." „Natürlich möchte ich!", strahlte mich Ariel an. Wir vereinbarten ein Date am kommenden Samstag, wieder bei ihr. Ich erschien schick hergerichtet um 19 Uhr bei ihr zum Essen. Sie hatte gekocht. Es gab Spaghetti Bolognese mit Wein.

Ariel sah wieder so süß aus. Ihre Haare waren diesmal kürzer, sie war beim Friseur gewesen. Sie war sehr sexy angezogen. Ihre Brüste waren durch das hautenge Top deutlich erkennbar. Bauchfrei. Und ein anderer Rock zeigte die Schönheit ihrer Beine. Ihre Fingernägel diesmal alle Rot.

Während des Essens schaute sie mich so an, als wolle sie mich etwas Wichtiges fragen. „Ariel, ich sehe, Dir brennt was auf der Zunge." „Ich traue mich nicht, Dich zu fragen", quälte sie sich. „Frag schon", drängte ich sie lächelnd. „Na gut, aber bitte reagiere nicht über. Ich würde gerne eine bleibende Erinnerung von Dir haben. Darf ich ein paar Fotos von Dir machen?" „Wann?" „Hier und jetzt." „Na klar darfst Du, mach schon." Sie holte ihre Digitalkamera aus einer Kiste und drückte ein paar Mal ab. „Danke. Darf ich auch Fotos von uns zusammen machen?"

„Klar darfst Du." Sie setzte sich auf meinen Schoß und drückte ein paar Mal ab. Es waren schöne Bilder. „Schick sie mir auch, dann habe ich auch was davon", bat ich sie. „Noch etwas", brach es aus ihr heraus. „Du weißt, ich liebe Dich. Der Sex mit Dir war das Schönste, das ich je erlebt habe. Darf ich diesen Moment heute Abend für mich als Erinnerung festhalten?" „Du meinst, uns beim Sex fotografieren?" „Ja, paar Erinnerungsfotos machen … auch filmen. Vor allem filmen." Endlich war es ausgesprochen! Da rannte sie bei mir offene Türen ein.

„Ich habe nichts dagegen, diese Erinnerung sollst Du haben."
„Juhu!", schrie sie und tanzte durchs Zimmer. Langsam wurde
es ernst. Wir machten es uns auf dem Bett gemütlich und uns
nackt. Da war er wieder, dieser geile, einzigartige, geschwungene Schamhaarstrich, der mich heiß machte.

Selfie-technisch drückte Ariel beim Knutschen einige
Male ab. Dann wollte sie filmen, doch ihre Handkamera zickte.
„Record" funktionierte einfach nicht. „Warte, ich hole professi-
onelles Equipment", hauchte ich ihr zu und zog mir Hemd und
Jeans an. Aus meiner Bude nebenan besorgte ich eine hochmo-
derne digitale Videokamera, die ich für solche Zwecke gekauft
hatte. Einige erfolgreiche Einsätze hatte sie bereits absolviert.
Nun dieser. Ich übergab ihr meinen Schatz und sie drückte aufs
Knöpfchen.

Ab jetzt filmte sie. Manuell, wie wir knutschen und wie
ich sie zu 2 abartigen Orgasmen leckte. Dann filmte der Womanizer aus dem Stand, wie sie mir kniend einen blies und mich
auf ihre schönen, kleinen Brüste auswichste. Ariel blickte dabei
in die Kamera, in meine Augen. Voll verliebt in mich. Geil!

Nach einer Pause sollte der Höhepunkt kommen. Ficken. Ich platzierte die Kamera in optimaler Position zum Bett
und startete als Missionar. Ohne Gummi vögelte ich sie zart.
Dann nagelte ich sie als Hund. Zu guter Letzt ritt sie sich und
mich zu unseren weiteren Orgasmen. Sie kam 2 Mal vaginal,
ich ebenso vaginal, in ihr. Dann machten wir uns einen schönen
gemeinsamen Abend und schliefen Arm in Arm ein.

Sonntagmorgen schenkte ich ihr den letzten Sex. Zuerst
blies sie mir einen. Ich lag und filmte manuell, wie sie meinen
Dong mit ihren roten Lippen und bunten Fingern verwöhnte.
Als ich kam, wichste sie alles mit der rechten Hand heraus, mit
der Zunge an meinem Bändchen züngelnd. Unfassbar geil war
dieser Cumshot! Danach besorgte ich es ihr oral. Ficken im Stehen und Löffelchen beendeten unser zweites und letztes Date.

Ich zog ihr alle Aufnahmen auf ihren Laptop und be-
hielt meine natürlich selbst auch. Wir vereinbarten vertrauliche
Privatsphäre für die Videos, dann verließ sie mich.

Star; Spring & Daisy

Nun lüfte ich ein Womanizer-Geheimnis: Ich habe in 3 offiziellen Pornos mitgespielt. Wie diese heißen, verrate ich nicht, sie könnten mir meine Karriere versauen. Ich war 24 und mitten im Studium. Zufällig las ich in einem einschlägigen Magazin eine Anzeige für ein Casting. Dieses fand in Riem statt. Ich erschien gepflegt am Set, einer großen Penthouse-Wohnung auf 3 Ebenen, 500 qm mit Pool, Sauna und Luxus-Schnickschnack. Ich wurde in ein Seitzimmer geführt und sollte warten. Dann kamen 2 Herren und 1 Dame: Produzent Tim, Kameramann Tom und Betreuerin Noelle.

Es entwickelte sich ein nettes Gespräch, in dem ihre Fragen beantwortete. Und sie mir meine. Ich legte ihnen mein intaktes Gesundheitszeugnis vor. Casting bestand aus 2 Einheiten. Ich wurde gefragt, ob ich auch eine Schwulenszene drehen möchte, das lehnte ich ab. Letzten Endes stand fest: Ich drehe mit Star, später mit Spring und Daisy.

Ich war aufgeregt. In der Umkleide lernte ich Star kennen. Sie war mein Typ Frau: Mittelgroß, schlank, lange, blonde Haare, sexy, mädchenhaft. Sah aus wie Mia Magma. Sie war 22 und ein namhafter Name in der Szene. Profi seit 2 Jahren. Ich stellte mich vor. „Wir drehen zusammen?", fragte sie mich. „Ja, im Rahmen eines Castings für meine Wenigkeit", antwortete ich. „Ich freue mich", zwinkerte sie mir zu. „In einer Stunde seid Ihr dran", rief Noelle, „ab in die Maske."

Während wir geschminkt wurden, hörte man aus Nebenräumen Stöhnen und Anweisungen, es wurde gedreht. Immer wieder kamen halbnackte Frauen und Männer herein und ließen sich schminken oder abschminken. Ich beobachtete Frauen wie Männer gleich. Die Frauen waren schlank und sexy, die Männer gut gebaut. Ihre Penisse waren mindestens so lang wie meiner, die meisten länger.

Dann wurden wir eingewiesen. Es sollte eine Pizzajungen-Nummer werden. Ich war der Pizzajunge, Star die Hausdame. Sie hatte Pizza bestellt, ich lieferte. Ich klingelte. Sie in sexy Klamotten vor mir. Dialog. Sie hat kein Geld. Ich will Geld.

Sie bietet mir Sex für Geld. Sie verführt mich. Bläst mir im Stehen einen, ich lecke sie, dann ficken wir. Zum Schluss wichst sie mich liegend durch ein Loch in der Pizza auf diese und isst davon. Porno halt. Der Dialog war nicht festgelegt, wir sollten improvisieren. Ich war bereit. Star auch. Ich klingelte. Sie machte auf. „Pizza, die Dame." „Schön, dass Sie da sind. Ging fix." „Ich bin einer der schnellen Truppe." „So sehen Sie auch aus." „Einmal Salami." „Ich liebe Salami." „Macht 10 Euro.

Liefergebühren geschenkt. Auch dieser Prosecco." „Oh, wie aufmerksam. Wollen Sie einen Schluck?" „Nicht, wenn ich im Dienst bin, nach Feierabend gern." Sie kramt in der Handtasche: „Ui, ich habe kein Geld bei mir." „Kein Geld?" „Nein, nur Lippenstift, Handy und Kondome." „Aber die Pizza kostet 10 Euro." „Können wir uns nicht anders arrangieren?" Sie greift mir an die Hose und küsst mich. Ich küsse mit.

So ging es los. Mir war klar, dass dies ein One-Take ist. Ich hatte nur diese eine Chance, das Produktionsteam zu überzeugen. Ich hatte den Ablauf mit Star besprochen. Aus Knutschen wird Blasen. Ich stehend, sie kniend, meinen Penis durch den Reißverschluss. Dann schmeiße ich sie aufs Sofa, reiße mir die Dienstkleidung runter und lecke sie. Dann ficke ich sie als Missionar. Dann Doggy. Dann reitet sie. Zum Schluss wird die Pizza auf meinen Penis geschraubt und Star macht es mit der Hand zu Ende. Dann essen.

Wir wussten, welche Kameras auf uns gerichtet waren. Der Rest war unsere Sache. Wir bekamen die Anweisung, so Sex zu haben, dass alles gut sichtbar ist für die Kameras. Star küsste intensiv und zärtlich, dass ich für einen Moment dachte, sie sei meine Freundin. Schon war sie auf ihren Knien und holte meinen Dong aus der Hose. Ohne Kondom, da wir beide nachweislich kerngesund waren, blies sie mir einen.

Sie wusste genau, wie das geht vor Kameras. Sie blickte lasziv in die Linsen 1, 2 und 3 und immer wieder hoch in meine Augen. Ihre Blowjob-Technik war geil, denn sie setzte nicht nur ihren Mund, auch beide Hände ein. Sie blies so gut, dass ich mich beherrschen musste. „Mach etwas weniger, sonst komme ich", flüsterte ich. Sie hatte verstanden und hielt sich zurück. Ich konzentrierte mich aufs Nichtkommen.

Und doch: Mein Orgasmus kündigte sich an. Mist! Nicht jetzt! Also unterbrach ich und trug sie aufs Sofa. Sie landete weich und grinste mich geil an. Ich riss mir meine Pizza-Lieferantenklamotten vom Leib und tauchte ab in Richtung ihrer Muschi. Als ich diese leckte, vergaß ich die Kameras und kümmerte mich fachmännisch um ihre Befriedigung. Gleichzeitig knetete ich ihre Brüste. Die 2 Orgasmen, die sie hatte, waren nicht gespielt, dafür stehe ich mit meinem Wort.

Eingeplant waren diese nicht, aber was kommt, kommt. Star schaute mich mit großen Augen an, als wollte sie mir sagen: „Unglaublich, was Du mit mir machst! Geil!" Jetzt endlich ficken. Wir starteten in der Missionarsstellung. Ich drang in ihre Muschi ein und spürte ihren Saft. Sie war echt geil. Kräftig stieß ich sie, und so, dass man sowohl ihre Pussy, als auch meinen Dick gut sehen konnte. Dann kniete sie sich auf mein Kommando hin und ich bumste sie von hinten. Die Kameras waren beweglich und filmten aus allen Richtungen.

Stars Po war klasse, schön und griffig. Ich liebte es, diese Schlampe zu ficken! Nun kam mein Highlight: Ich wurde geritten. Die Muschi dieser Porno-Darstellerin sauste genial rauf und runter und schenkte mir intensive Empfindungen. Star hatte sichtlich Spaß beim Dreh mit mir. Als ich merkte, dass ich mich nicht mehr zurückhalten konnte, stieß ich Star kurz an. Sie holte die präparierte Pizza hervor und schenkte mir einen großen Penisring.

Dezent rückte sie mich in Position, sodass die Kameras alles einfangen konnten. Dann gab sie Gas. Mit ihrer rechten Faust masturbierte sie meinen King. Mein Orgasmus war heftig und ich schoss eine Menge Sperma heraus. 15 Ladungen waren es, während ich begeistert Star zusah. Dann lutschte sie mich sauber, brach sich ein Stück Pizza ab und aß es in die zoomende Kamera hinein. Cut. Schnitt. Ende.

Applaus bekamen wir. Star umarmte mich: „Das war fantastisch! Kaum zu glauben, dass dies Dein erster Dreh war. Du warst top. Hat Spaß mit Dir gemacht. Danke für die Orgasmen. Kommt nicht oft vor, wenn ich mit Männern drehe. Top!" Ich nahm ihre Komplimente und auch die von Tim und seiner Crew glücklich an.

„Du hast den Job", lobte er. „Das war klasse! Wenn wir dürfen, würden wir gerne Deine Probeaufnahme verwenden für einen Movie. Das war absolut tauglich für den Markt." Ich willigte ein und freute mich auf Runde 2, den Dreier mit Spring und Daisy. 3 Stunden Pause. Ich ging mit Star essen beim Asiaten ums Eck. Zurück am Set: Über Bildschirme sah ich, was in anderen Drehzimmern abging. Geiler Scheiß! So verging die Zeit, bis 2 knackige Frauen eintraten. Es waren Spring und Daisy. Beide aus Amerika. In perfektem Englisch begrüßten sie mich. „We heard you are a top fucker", grinste Spring mich an.

„Try to make us orgasm like you did with Star", zwinkerte mir Daisy zu. Spring war groß und hatte künstliche Hupen, Daisy war klein und hatte künstliche Hupen. Beide 27 und schon einige Jahre Sex-Workerinnen. „Du hast alle Freiheiten", lächelte mich Tim an, „koordiniere mit den Mädels Eure Szene. Wenn sie gut wird, werde ich sie nehmen." Ich kam mit Daisy und Spring ins Gespräch. Beide blond, mit Brillen im normalen Leben, die nun durch Kontaktlinsen ausgetauscht wurde. Während der Make-up-Prozedur besprachen wir unsere Szene.

„What you wanna do?", fragte mich Spring. „What bout this: We, Spring, play a couple, sitting on the couch and drinking wine, talking. You tell me bout your girlfriend from college days. She´s coming to town and visiting us. Ring,. She´s there. I open the door and I´m astonished. A beauty! I can´t take my eyes off of her. Sitting in the middle, you right, Daisy left, talking, flirting altogether. You tell her how much you love me and how good I am in bed. Always making you orgasm.

While I go out to bring some wine, you both talk bout your glory days when you shared sexual adventures together with one guy. Remember Tom, remember Michael? Then Daisy asks if you are willing to share me. When I come back, both of you make me horny and touch my dick and kiss me, and so it develops. I lick one while the other blows me.

Change. Then double Blowjob goes into fucking. I fuck you while girls kissing, then I fuck you too while anything goes. You finish me with double Blowjob and Handjob to Cumshot. I´m standing, you both on your knees. What you think about it?" Die beiden waren sprachlos: „Amazing", grinste Daisy.

„Awesome storyboard" – Spring. „Thats´s how we´re gonna do it." Spring huschte ums Eck, um die Kameraleute und den Produzenten zu informieren. Und genau so kam es: Spring und ich spielten ein verliebtes Pärchen, das sich einen schönen Abend macht. WhatsApp bei Spring: Freundin in der Stadt. Dialog in Englisch. No problem for me, man. Daisy steht vor der Tür. Hübsches Ding. Beide Ladies wurden echt geil hergerichtet für den Dreh, ich hätte mich in beide sofort verlieben können.

Zu dritt auf der Couch. Dann zu zweit. Dann wieder zu dritt. Dann fallen beide über mich her. Spring küsste leidenschaftlicher als Daisy, deren Küsse fühlten sich gestellt an, wie die Situation ja auch war. Aber natürlich wurde ich geil. Aus beiden leicht bekleideten Damen wurden nicht bekleidete. Auch ich verlor mein letztes Hemd und Hose, und schnell waren die sexuellen Handlungen dran. Ich leckte die liegende Daisy, während diese mit Spring knutschte. Daisy hatte ein Mini-Schamhaar-Dreieck, sah niedlich aus. Ihr Bauch war gepierct und tätowiert. Ihre Lulu schmeckte nach fruchtigem Lipgloss.

Ich leckte und fingerte sie intensiv und wollte meinem Ruf gerecht werden. In der Tat: Daisy kam zum Orgasmus. Immer schneller atmete sie, bis sie in heftigen Kontraktionen ihr Becken in mein Gesicht drückte. Danach schnaufte sie aus und blickte mich heiß an. Kussmund. Handkuss. „You did it, man", flüsterte sie. „I know", ich zurück. Mädchen-Tausch. Spring war nun dran, von mir geleckt zu werden. Ich entschied mich für 69. Ich unten, Spring auf mir.

Beide Ladies an meinem Rocket-Schwanz. Während sie für mich unsichtbar, für die Kameras sehr sichtbar meine Lanze mit Händen, Mündern und Zungen verwöhnten, verwöhnte ich Springs edle Pussy. Diese war größer und länger als Daisys, auch sie hatte ein bisschen Schamhaare stehen, nicht im Dreieck, sondern einen Irokesen.

Diesen leckte ich auf und ab und widmete mich ihrer abstehenden Clit. Die konnte ich perfekt treffen und bearbeiten. Immer wieder stöhnte sie „Oh my God", bis sie rumpelnd auf mir kam. Zweimal. Spring kraxelte herunter und streckte mir ihren Hintern entgegen. Jetzt ficken. Mein Penis war scharf wie eine Granate, genauso wie die Mädels.

Ich fickte Spring hart, was ihr gefiel. Sie nahm meine Stöße tief und genussvoll. Dann drang ich in einer missionarsartigen Stellung in Daisy ein, die mir zuflüsterte: „Not that hard please." Ich erfüllte ihr den Wunsch und pimperte sie zärtlicher. Währenddessen knutschte ich mit Springtime. Dann ließ ich Spring reiten.

Finale: Cumshot. Ich stellte mich hin und ließ beide Münder arbeiten. Als ich soweit war, nahm ich ihn selbst in die Hand und wichste ihre Gesichter voll mit meinem Dreck. Es war eine Megaladung, die sich auf beiden verteilte. Erschöpft, wie ein Bulle nach dem Deckungsakt, blickte ich in die Kamera und erntete nach dem „Cut" großen Applaus.

Spring und Daisy applaudierten mir ebenfalls. Allen war klar: A new star was born! Tim war vollen Lobes und versicherte mir, auch diese Aufnahme zu veröffentlichen auf seiner nächsten DVD. „Aus Dir kann ein Star werden." Ich bekam einen Vertrag angeboten, doch entschied mich, eine Nacht darüber schlafen zu wollen. Die Porno-Welt stand mir offen, großes Geld erwartete mich. Gleichzeitig wusste ich von meinen Plänen, einmal ein großer TV-Produzent zu werden. Beides in einem Topf verhält sich nicht gut zusammen.

So entschied ich mich, auftragsweise zu arbeiten und mich nicht zu binden. 2 Porno-Produktionen machte ich noch, beide waren geil: Für die eine fickte ich mit Maya, einer 23-jährigen Polin, mit Luna, einer 19-jährigen Deutschen, und mit Krysztina, einer 29-jährigen Ungarin. Alle Ficks waren geil. Für die zweite hatte ich einen Vierer mit Lina (25), Lana (23) und Lara (18), 3 Schwestern. Außerdem ein Schäferstündchen mit Angelique, einer 22-jährigen Dänin, sowie ein Fick mit Dana, einer 23-jährigen Schönheit aus Hamm.

All diese Sex-Erlebnisse habe ich auf offiziellen DVDs, geniale Erinnerungen an den jungen Womanizer und extrem geilen Sex. Kurz darauf lernte ich meine heutige Ehefrau Andrea kennen.

Buch-Tipps vom Womanizer

The Womanizer
Ich, der Fremdgeher 1
Die Abenteuer des Womanizers

Sex, Erotik, Liebe, Lust & Leidenschaft – dies ist die spannende Geschichte, die Autobiografie des Womanizers, eines Mannes, der seinem Leben keine Grenzen setzt und sich alle sexuellen Wünsche und Träume erfüllt.

Obwohl er glücklich in einer Beziehung mit seiner Freundin Andrea ist, die er auch wirklich liebt, gönnt er sich alle Freiheiten, um das zu genießen, wovon andere Männer nur träumen. Er erlebt fantastische Abenteuer ebenso wie böse Reinfälle, heiße Affären, Sex mit 3 Frauen gleichzeitig, Erpressung, Glück und Leid in Beziehung und One Night Stands.

Erfahren Sie mehr über den Mann hinter der geheimnisvollen Womanizer-Maske und sein Leben. Fantasien werden Wirklichkeit, Wünsche wahr. „Ich, der Fremdgeher 1" ist ein hochexplosives und spannendes Werk, das den Leser fesselt, anregt und erregt. 63 Kapitel voller Sex, Lust und Leidenschaft. 200 Seiten pure Erotik.

Doch auch Schuld und Moral spielen eine Rolle. Immer wieder hinterfragt er sein schändliches Treiben und will seiner Freundin treu bleiben, doch die Lust ist zu groß und die weiblichen Reize sind zu stark ... und so stürzt er sich in das nächste Abenteuer. Ein Buch, über das Sie noch lange sprechen werden!

ISBN 978-3-8423-2186-1
Books on Demand

Buch-Tipps vom Womanizer

The Womanizer
Ich, der Fremdgeher 2
Neue Abenteuer des Womanizers

Dies ist Teil 2, die prickelnde Fortsetzung der spannenden Lebensgeschichte des Womanizers, eines Mannes, der seinem Dasein keinerlei Grenzen setzt und sich all seine sexuellen Wünsche und Träume erfüllt.

Obwohl er mittlerweile glücklich verheiratet und stolzer Vater eines Sohnes ist, gönnt er sich die Freiheiten, um das zu genießen, wovon andere Männer nur träumen. Er erlebt fantastische Abenteuer ebenso wie böse Reinfälle, heiße Affären, Glück und Leid in Beziehung und One Night Stands.

Erfahren Sie alles über den Mann hinter der Womanizer-Maske und sein geniales Leben. Fantasien werden Wirklichkeit, Wünsche wahr. „Ich, der Fremdgeher 2" ist ein explosives und reizvolles Werk, das den Leser fesselt, anregt und erregt. 35 Kapitel voller Sex, Liebe und Leidenschaft, 200 Seiten pure Erotik, das ist die fantastische Welt des Womanizers.

Doch auch Schuld und Moral spielen eine Rolle. Immer wieder hinterfragt er sein Treiben und will seiner Ehefrau Andrea treu bleiben, doch die Lust ist zu groß und die weiblichen Reize sind zu stark ... und so stürzt er sich in das nächste Abenteuer.

Die fantastische Fortsetzung von „Ich, der Fremdgeher 1". Ein Buch, das Sie nicht mehr loslassen wird, denn tief in Ihnen stecken auch der Trieb, die Lust und die Gier auf Erfüllung all Ihrer sexuellen Wünsche und Fantasien.

ISBN 978-3-8448-7446-4
Books on Demand

Buch-Tipps vom Womanizer

The Womanizer
Ich, der Fremdgeher 3
Die letzten Geheimnisse des Womanizers

Dies ist Teil 3 der spannenden Biografie über das einzigartige Leben und Wirken des Womanizers, eines Mannes, der sich, trotz hübscher Ehefrau und zweier wundervoller Kinder, außertourlich all seine sexuellen Wünsche und Träume erfüllt. Dabei erlebt er das, wovon andere Männer nur träumen.

Diesmal: Sex mit den blutjungen Animateurinnen Grit & Hanna, krasse Abenteuer in der Glory Hole Bar, eine heiße Romanze mit PR-Marketing-Lady Ella, der fantastische Vierer mit den US-Girls Chloe, Madison und Stella, Kindermädchen Magdalena auf Extratour, Erotikmassagen der göttlichen Luisa, Jugenderinnerungen an Raliza, Techtelmechtel mit Praktikantin Aiko, Reinfall mit Frauke, Oh Julia, Andreas geheime Kiste, Ü-50erin Sabrina, Playboy-Lifestyle mit den Hostessen Torrie und Whitney, die scharfe Kerstin, und vieles mehr.

„Ich, der Fremdgeher 3" ist ein explosives und reizvolles Werk, das den Leser fesselt, anregt und erregt. 34 Kapitel voller Sex, Liebe und Leidenschaft, 200 Seiten pure Erotik, das ist die extravagante Welt des Womanizers.

Die geile Fortsetzung von „Ich, der Fremdgeher 1 & 2". Ein Buch, das Sie nicht mehr loslassen wird, denn tief in Ihnen stecken auch der Trieb, die Lust und die Gier auf Erfüllung all Ihrer sexuellen Fantasien.

ISBN 978-3-7460-1524-8
Books on Demand

Buch-Tipps vom Womanizer

The Womanizer
Ich, der Fremdgeher 4
Kostbare Perlen des Womanizers

Mein Leben ist ein Traum! Attraktiv, gesund, glücklich verheiratet, Vater zweier wundervoller Kids, erfolgreicher Businessmann, Top-Verdiener, dazu Dauergast in Betten hübscher Ladies. Das bin ich, der Womanizer!

In meiner Bestseller-Biografie „Ich, der Fremdgeher" haben Sie in den Teilen 1-3 alles über mich, mein Leben, meine Fantasien und meine Taten erfahren. Mein Wirken auf der Überholspur ist grandios. Alle Männer wären gerne wie ich. Über 1.500 Frauen habe ich im Bett gehabt, und es werden immer noch mehr. Ich weiß, mit welchen Tricks ich geile Frauen um den Finger wickeln muss, um von ihnen das zu bekommen, was ich möchte: Sex! Und genauso weiß ich, mit welchen Schlichen ich das alles meiner Gattin Andrea verheimlichen kann.

Für Band 4 habe ich in meiner Schatzkiste gegraben und präsentiere kostbare Perlen des Womanizers: Bezaubernde Damen, mit denen ich heiße Stunden, Tage oder mehr erlebt habe. Von meinen wilden 20ern bis jetzt Anfang 40 habe ich eine knisternde Auswahl zusammengestellt, die Lust auf mehr macht.

Möge mein Lebensstil Sie beflügeln, Ihnen Mut schenken, Sie anspornen, es mir gleich zu tun. Denn Frauen sind dazu da, gevögelt zu werden und den Mann sexuell glücklich zu machen. Nutzen Sie Ihren Schwanz und geben Sie ihm das, was er nun mal braucht: eine hübsche Lady nach der anderen! Ich wünsche Ihnen viel Lese-Spaß mit meinen kostbarsten Perlen, von geilen One Night Stands bis hin zu Sex mit 3 girls on fire. Und vieles, vieles mehr!

ISBN 978-3-7481-4685-8
Books on Demand

Buch-Tipps vom Womanizer

The Womanizer
Ich, der Fremdgeher 5
Heroische Erlebnisse des Womanizers

Heroische Erlebnisse sind es, die ich Ihnen diesmal präsentiere. Dies ist der 5. Band meiner Reihe „Ich, der Fremdgeher". Und immer noch gibt es spannendes Neues zu berichten, der Stoff geht mir nie aus. Wetten sind etwas Geiles, denn mit ihnen kann man Frauen gewinnen und gefügig machen. Auch MILF (Mothers I'd like to fuck) sind etwas Besonderes, da sie meist doppelt hot sind auf ein sündhaftes Abenteuer. Diese beiden Themen bilden den Schwerpunkt dieses Werkes.

Ich bin der legendäre Womanizer. Ach, was habe ich schon gevögelt in meinem Leben! Über 1.500 Ladies sind es bisher, und es werden weiter mehr. Die 2.000 sind knackbar! Und auf welche schönen Momente ich zurückblicken kann: Viele Highlights davon haben Sie bereits gelesen, andere erfahren Sie nun.

Trotz hübscher Gattin und glücklichem Vatersein ist Leben für mich mehr als Familie: Leben ist für mich SEX! Abenteuer! Lust! Trieb! Leidenschaft und Liebe! One Night Stands! Spaß haben und alles mitnehmen, was geht. Bereut habe ich bisher nichts. Ich lebe das Leben, das ich liebe. Auf der Überholspur, in den Betten hübscher Frauen.

In diesem 200-Seiter machen wir eine Zeitreise vom jungen bis hin zum heutigen Womanizer. Ich schenke Ihnen heißeste Sex-Abenteuer und echt heroische Erlebnisse meiner Person, die Sie noch nicht kennen, aber nach dem Lesen nicht mehr missen wollen. Tanken Sie Mut und versuchen Sie mir nachzueifern, denn das Leben kann so verdammt geil und schön sein!

ISBN 978-3-7494-1985-2
Books on Demand

Buch-Tipps vom Womanizer

The Womanizer
Ich, der Fremdgeher 6
Das Ende des Womanizers?

Ist dies das Ende des Womanizers? Tja, meine lieben Freunde der Sonne, vielleicht ist das wirklich der letzte Vorhang, der für mich fällt. Meine geliebte Gattin Andrea hat ein „Ehe-Break" gefordert. Sie braucht eine Auszeit, sagt sie, von mir. Aber nicht von dem schönen Haus, das ich gekauft habe. Auch nicht von dem guten Geld, das ich ihr jeden Monat überweise.

Hat sie mich beim Fremdficken erwischt? Nein. Warum dann dieser krasse Schritt von ihr? Keine Ahnung. Frauen sind einfach unberechenbar! Ich muss ausziehen und schwebe in der beschissenen Ungewissheit, ob und wie es mit uns weitergeht. Die armen Kinder! Hat Andrea einen neuen Stecher oder Geldgeber? Geht sie etwa mir fremd? Ich werde es herausfinden.

Gleichzeitig aber lebe ich mein Womanizer-Leben weiter. Jetzt erst recht! Ich poppe Immobilienmaklerin Heidi, gewinne die sexy Fitness-Polizistin Cornelia, verliebe mich in Nutte Agnes, erlebe geniale Erotikmassagen, treffe meine Jugendliebe Yasmin nach 20 Jahren wieder, habe geilen Gruppensex mit der 18-jährigen Daphne und ihren Busenfreundinnen, kämpfe mit der skrupellosen Laetitia um meine Firma, finde in meiner Angestellten Susanna eine heiße Bettgespielin, führe die sexuell blockierte Maren in meine hohe Kunst ein und genieße immer noch eine heiße Affäre mit der geheimnisvollen Tattoo-Frau Jacqueline, kurz Jackie. Ihr seht, langweilig wird mir wirklich nicht.

Aber: Kann ich meine Ehe retten? Wird Andrea ihren Irrsinn beenden? Ich werde alles dafür tun. Drückt mir die Daumen!

ISBN 978-3-7494-3590-6
Books on Demand

Buch-Tipps vom Womanizer

The Womanizer
Sex Bomb
100 Tricks, Frauen ins Bett zu bekommen

DER PLAYBOY TRICK * DER PIANIST TRICK * DER FEUERWEHRMANN TRICK * DER BABYSITTER TRICK * DER 6 RICHTIGE IM LOTTO TRICK * DER BILLARD TRICK * DER MAGISCHE ZETTEL TRICK * DER KINO TRICK * DER HUNDEHALTER TRICK * DER ROTE ROSEN TRICK * DER BARMANN TRICK * DER ZAUBER TRICK * DER CHEFREDAKTEUR TRICK * DER JUNG- FRAU TRICK * DER SPIONAGE TRICK * DER SCHLITTSCHUHLÄUFER TRICK * DER PORNODARSTELLER TRICK * DER MASSEUR TRICK * DER VERFLOS- SENEN TRICK * DER SCARY MOVIE TRICK * DER BUCHAUTOR TRICK * DER FUSSBALLSPIELER TRICK * DER BLIND DATE TRICK * DER KOLLEGIN TRICK * DER FOTOGRAF TRICK * DER GIPS TRICK * DER KONZERT TRICK * DER WETTE TRICK * DER REPORTER TRICK * DER SAUNA TRICK * DER KAMASUTRA TRICK * DER CHARLIE SHEEN TRICK * DER SCHLANGEN TRICK * DER WETTBEWERB TRICK * DER AMATEURPORNO TRICK * DER RESTAURANT CHEF TRICK * DER GEBURTSTAGSPARTY TRICK * DER UM- ZIEH TRICK * DER SCHÖNE FRAU TRICK * DER SHOPPING TRICK * DER CALLBOY TRICK * DER XXL-KONDOM TRICK * DER EBAY TRICK * DER EBAY DELUXE TRICK * DER BETTENKAUF TRICK * DER POKER TRICK * DER ANNA TRICK * DER MASKENBALL TRICK * DER EINKAUFS TRICK * DER EX ONE NIGHT STAND TRICK * DER DJ KUMPEL TRICK * DER POR- SCHE TRICK * DER BORDELL CASTING TRICK * DER BORDELL CASTING DELUXE TRICK * DER SEXSHOP TRICK * DER STILLE TRICK * DER E-MAIL TRICK * DER FACEBOOK PARTY TRICK * DER JOGGER TRICK * DER THER- MEN TRICK * DER ROBINSON CLUB CAMYUVA TRICK * DER 25 ZENTIME- TER TRICK * DER SALTO TRICK * DER TRAUM TRICK * DER COACHING FÜR SINGLES BUCH TRICK * DER 5 DVDS ZUR AUSWAHL TRICK * DER STRAPSE TRICK * DER MASSAGEKURS TRICK * DER VISITENKARTEN TRICK * DER WITZE TRICK * DER TAGEBUCH TRICK * DER VIBRATOR TRICK * DER SPIRITUELLE TRICK * DER TANZ TRICK * DER WELTREKORD TRICK * DER POLEN TRICK * DER 10 MINUTEN TRICK * DER VERLASSE- NEN TRICK * DER PFIFFIGE TRICK * DER SCHLAF MIT MIR TRICK * DER SCHAUSPIELFREUNDIN TRICK * DER GANZKÖRPERMASSAGE TRICK * DER FLOATING TRICK * DER ZUCKERWATTE TRICK * DER BUTLER TRICK * DER KÄLTE TRICK * DER PROMIFOTO TRICK * DER STEWARDESS TRICK * DER RETROSPEKTIVE TRICK * DER KUMPEL TRICK * DER CHEF TRICK * DER KAJAK TRICK * DER SCHWESTER TRICK * DER WEIHNACHTSMANN TRICK * DER PUTZFRAU TRICK * DER GESCHENK TRICK * DER SPRICH MICH AN TRICK * DER SADOMASO TRICK * DER ZAHLEN TRICK * DER SPEED-DATING TRICK

ISBN 978-3-8448-0574-1
Books on Demand

Buch-Tipps vom Womanizer

The Womanizer
Meine heißesten Sex-Abenteuer

The Womanizer präsentiert seine allerheißesten Sex-Abenteuer!
Nach dem Erfolg seiner Bestseller „Ich, der Fremdgeher Band
1-6" ist dies ein weiteres Meisterwerk des Mannes, der schon
über 1.500 Frauen im Bett hatte und als Casanova des 21. Jahrhunderts in die moderneren Geschichtsbücher eingehen wird.

Hier schildert er seine geilsten und heißesten Sex-Erlebnisse der
letzten 10 Jahre seines aufregenden Lebens und Tuns: Barbara,
Teresa, Mary, Iris, Tammy, Rimma, Caro, Lucy, Paula, Jenny,
Gabi, Denise, Raliza, Katja, Angie, Anja, Jana, Celine und Ali-
cia heißen die Damen, die The Womanizer für dieses Best of
ausgewählt hat.

Jedes dieser Abenteuer zählt zu seinen Favourites. Tauchen Sie
ein in die Welt und den Körper des Womanizers und erleben Sie
mit ihm seine heißesten Sex-Abenteuer – live und hautnah, un-
censored und geil, prickelnd und erlösend.

Spüren Sie die Zärtlichkeiten, den Sex, die Erotik, die Lust und
die Leidenschaft, die dieses Buch zu einem interaktiven Lesevergnügen machen. The Womanizer wünscht Ihnen viel Freude
mit „Meine heißesten Sex-Abenteuer"!

ISBN 978-3-8448-1952-6
Books on Demand

Buch-Tipps vom Womanizer

The Womanizer
SEXSÜCHTIG!
(M)EINE FRAU IST NICHT GENUG

(M)EINE FRAU IST NICHT GENUG – das ist die Philosophie, das Lebensmotto des Womanizers! Nach seinen vielen Bestseller-Büchern präsentiert der Playboy des 21. Jahrhunderts sein Werk „*SEXSÜCHTIG!*", in dem er die wundervolle Beziehung zu seiner Ehefrau Andrea beschreibt und gleichzeitig über seine geilsten Seitensprünge intimst Auskunft gibt.

Erfahren Sie mehr über den Mann, der schon über 1.500 Frauen im Bett hatte, und seine heißen Sex-Abenteuer mit Isabel, Simone, Carmen, Melly, Sandy, Samira, Michèle, Bianca, Lena, Silke, Lolita und Wendy. Megaerotisch und anregend sind seine Schilderungen von Liebe, Sex und Zärtlichkeit, Lust und Leidenschaft, Gier und Verlangen.

(M)EINE FRAU IST NICHT GENUG – der Drang nach neuen Erfahrungen, nach jungen, schönen Körpern und tabulosen Mädels ist groß. Und die Mädels sind willig. The Womanizer nimmt sie gerne, aber nur die Besten! Und was die so alles können, erfahren Sie in diesem Buch!

ISBN 978-3-8482-0035-1
Books on Demand

Buch-Tipps vom Womanizer

The Womanizer
Sexy!
Memoiren eines Playboys

Tauchen Sie ein in eine Welt voller Lust, Leidenschaft, Sex und Erotik! The Womanizer präsentiert seine Memoiren und berichtet von seinen geilsten Sex-Abenteuern mit blutjungen, bildhübschen 18-jährigen Mädchen bis hin zu 43-jährigen, reifen Damen.

Sie alle sind ihm hilflos verfallen und finden einen Ehrenplatz in diesem Werk, das durch intimste Schilderungen und faszinierende Erlebnisse überzeugt.

„Sexy!" ist ein interaktives Lesevergnügen – der Womanizer erzählt seine Begegnungen hautnah und lebendig, als wären Sie persönlich dabei. Freuen Sie sich auf 24 Ladies und ihre Traumkörper, ihre Lust und Gier nach einem Mann, der sie glücklich macht.

Anhand seiner extraorbitanten Leistungen ist The Womanizer zweifelsohne DER Playboy des laufenden 21. Jahrhunderts. Wir sagen: Viel Spaß beim Lesen und Genießen dieses Buches!

ISBN 978-3-8482-0153-2
Books on Demand

Buch-Tipps vom Womanizer

The Womanizer
Verbotene Lust!
Sex ist mein Leben

In „Verbotene Lust!" führe ich Sie in meine geile Vergangenheit und präsentiere einige Raritäten und Perlen meiner sexuellen Lust. Da ich meine Abenteuer dokumentiere, weiß ich exakt Bescheid und kann detailgenau das schildern, was ich erlebe, wovon andere Männer nur träumen.

Auch wenn diese Lust eigentlich „verboten" ist, so ist sie für mich normal. Ich sehe nichts Schlimmes daran, dass ich mich sexuell auslebe und mir meinen Spaß auch in anderen Betten hole. Ich verletze meine Ehefrau Andrea ja nicht, sie kennt halt nur nicht die volle Wahrheit. Und die wird sie auch nie erfahren.

Freuen Sie sich auf meine sexuellen Abenteuer mit der Therapeutin Silva, das Maskenball-Spektakel, den sensationellen Vierer mit Kylie, Nele und Helene, die Sex-Toy-Verkäuferin Cathy, die Praktikantin Kerstin, das 18-jährige Kindermädchen Magda, und auf vieles mehr.

Sex ist mein Leben, daher werde ich stets die „Verbotene Lust" mitnehmen, leben und genießen, denn ich bin und bleibe The One & Only Womanizer!

ISBN 978-3-7460-4353-1
Books on Demand

Buch-Tipps vom Womanizer

The Womanizer
Meine besten Dreier
2 Ladies & The Womanizer

Was für viele Männer ein ewiger, unerfüllter Traum bleibt, ist für mich geile Realität: der sagenumwobene flotte Dreier! Ach, wie oft schon habe ich 2 Frauen gleichzeitig im Bett gehabt und sensationelle Stunden mit ihnen erlebt. Wenn auf einmal 4 Hände und 2 Münder loslegen und ihr Bestes geben, dann sieht man die Sterne funkeln.

Nach meinen Verkaufsschlagern „Ich, der Fremdgeher" Band 1-6 sowie diversen Specials ist es an der Zeit, der großen Nachfrage gerecht zu werden und den Spot auf meine allerbesten Dreier zu lenken. Hierbei gilt das Gesetz: Wenn ich Gruppensex habe, bin ich der einzige Mann! Platz für einen zweiten Mann gibt es dabei nicht. Und die Frauen, mit denen ich es treibe, müssen hübsch und geil sein. Sexhungrig und offen für alles.

Wenn meine geschätzte Frau Andrea von meiner Dreier-Leidenschaft wüsste, würde sie mich umbringen. Nun ja, einmal hat sie ja selbst mitgemacht, mit der süßen Lena. Dieser ganz besondere Dreier wird ausführlich im Werk behandelt und erhält als Abschlusskapitel den Ehrenplatz. Aber sonst bin ich für Andrea ein liebender, treuer und einfach der perfekte Ehemann und Partner. Bin ich ja auch, bis auf das mit der Treue …

Lassen Sie sich eines versichern: Wenn Sie bisher noch keinen Dreier mit 2 Frauen erlebt haben, Sie Armer, dann haben Sie wirklich etwas Ultimatives verpasst!

ISBN 978-3-7528-3132-0
Books on Demand

Buch-Tipps vom Womanizer

The Womanizer
Geile 18
Jung, Schön, Sexy & Versaut

Die Zahl 18 ist eine magische, denn sie beschreibt die Eigenschaften, die mir an Frauen wichtig sind: Jung, Schön, Sexy & Versaut! Ich spreche von Göttinnen, die soeben die Grenze vom Mädchen zur Frau überschritten haben und sich in einem überaus reizvollen Alter befinden.

Wenn ein Mädchen endlich volljährig wird, steht sie mir offen. Yeah! Ihre süßen, noch mädchenhaften Rundungen, ihr straffer, faltenfreier Körper, ihr naiver, unschuldiger Blick – all das verführt mich ungemein. Noch mehr verführen mich die 18-jährigen Luder, die es darauf anlegen. Die um Analsex betteln, Fesselspiele beherrschen, Sperma genüsslich schlucken und genau wissen, wie sie mich genial befriedigen können. Die mit 18 bereits alle Tabus abgelegt haben, um im Bett ihre und meine Erfüllung zu erleben.

Als Mann Ende 30, mit der tollen Andrea verheiratet und Vater zweier wundervoller Kinder, als renommierter Produzent und Gutverdiener, ist es mir eine Ehre, auch heute noch mir das zu holen, was ich will. Sexuell. In meinem Leben habe ich bereits über 1.500 Frauen im Bett gehabt, davon waren sicher 100 dabei, die Sweet Little Eighteen waren.

Aufgrund großer Nachfrage habe ich meine besten sexuellen Erlebnisse mit 18-jährigen Girls zusammengestellt. Und dabei festgestellt: Ein Buch reicht dafür nicht aus! Daher kündige ich jetzt schon eine Fortsetzung dieses Werkes an.

ISBN 978-3-7528-8060-1
Books on Demand

Buch-Tipps vom Womanizer

The Womanizer
Supergeile 18
So Jung, Schön, Sexy & Versaut

18 ist eine magische Zahl, denn sie beschreibt die Eigenschaften, die mir an Frauen wichtig sind: So Jung, Schön, Sexy & Versaut! Die Rede ist von Göttinnen, die soeben die Grenze vom Mädchen zur Frau überschritten haben und sich in einem überaus reizvollen Alter befinden.

Wenn ein Mädchen endlich volljährig wird, steht sie mir offen. Yeah! Ihre süßen, noch mädchenhaften Rundungen, ihr straffer, faltenfreier Körper, ihr naiver, unschuldiger Blick – all das verführt mich ungemein. Noch mehr verführen mich die 18-jährigen Luder, die es darauf anlegen. Die um Analsex betteln, das Fesselspiel beherrschen, Sperma schlucken und genau wissen, wie sie mich befriedigen können. Die mit 18 bereits alle Tabus abgelegt haben, um im Bett ihre und meine Erfüllung zu erleben.

Als Mann Ende 30, mit der tollen Andrea verheiratet und Vater zweier wundervoller Kinder, als renommierter TV-Produzent und Gutverdiener, ist es mir eine Ehre, auch heute noch mir das zu holen, was ich möchte. Sexuell. In meinem Leben habe ich bereits über 1.500 Frauen im Bett gehabt, davon waren sicher 100 dabei, die Sweet Little Eighteen waren.

Aufgrund großer Nachfrage habe ich meine besten sexuellen Erlebnisse mit 18-jährigen Girls zusammengestellt. Und festgestellt: Ein Buch reicht dafür nicht aus! Dies ist Teil 2, die Fortsetzung von „Geile 18"! Auf geht's in einen supergeilen Liebesstrudel, denn sie sind So Jung, Schön, Sexy & Versaut!

ISBN 978-3-7528-2472-8
Books on Demand

Buch-Tipps vom Womanizer

The Womanizer
Meine aufregendsten One Night Stand
Frauen, die ich nie vergessen werde

SEX ist mein Leben! Über 1.500 Ladies zwischen 18 und 50 habe ich bisher im Bett gehabt. Als liebevolle Mutter meiner Kinder ist meine langjährige Partnerin und Ehefrau Andrea immer noch meine absolute Traumfrau, der Sex mit ihr ist toll.

Dennoch, glücklich in Beziehung und erfolgreich im Beruf, wie ich es bin, brauche ich die Abwechslung im Bett, damit meine ich nicht die Bettwäsche, sondern Damen. One Night Stands sind ein probates Mittel, um unverbindlich und fröhlich sein Vergnügen zu erzielen. Viel einfacher als eine Affäre.

Ich bin Profi, was One Night Stands angeht. Zu viele habe ich schon erlebt und erlebe sie weiterhin, dass ich genau weiß, wie ich eine Frau, die ich geil finde, in mein Bett und von ihr Sex bekomme.

Für dieses Best of habe ich mich für die aufregendsten One Night Stands meines Lebens entschieden, mit Frauen, die ich niemals vergessen werde. Lassen Sie sich inspirieren von meinen Taten, tauchen Sie ein in den Körper des Womanizers, und ab geht die Bett-Post!

ISBN 978-3-7528-4102-2
Books on Demand

Buch-Tipps vom Womanizer

The Womanizer
Meine aufregendsten One Night Stand 2
Frauen, die ich niemals vergesse

SEX ist mein Leben!! Über 1.500 Ladies zwischen 18 und 50 habe ich bisher in meinem Bett gehabt. Als liebevolle Mutter meiner beiden Kinder ist meine langjährige Partnerin Andrea immer noch meine absolute Traumfrau.

Dennoch, glücklich in Beziehung und erfolgreich im Beruf, wie ich es bin, brauche ich ständige Abwechslung im Bett, und damit meine ich nicht Bettwäsche, sondern Damen. ONS, One Night Stands, sind ein probates Mittel, um unverbindlich sein Vergnügen zu erzielen. Viel einfacher als eine Affäre.

Ich bin Profi, was One Night Stands angeht. Zu viele habe ich schon erlebt, dass ich genau weiß, wie ich eine Frau, die ich geil finde, ins Bett und von ihr Sex bekomme.

Für dieses Best of habe ich mich für die aufregendsten ONS meines Lebens entschieden, mit Frauen, die ich niemals vergesse. Ich wünsche Ihnen viel Freude mit meinen allergeilsten One Night Stands Teil 2!

ISBN 978-3-7460-4936-6
Books on Demand

Buch-Tipps vom Womanizer

The Womanizer
In MILF Paradise
Extravagante sexuelle Erlebnisse mit scharfen Müttern

MILF (Mothers I´d like to fuck) sind etwas Exklusives, denn sie sind sexy, rattenscharf und geil. Ich habe in meinem Leben bereits über 1.500 Frauen im Bett gehabt, Dutzende waren horny MILF. Viele davon verheiratet, einige Single. Die jüngste MILF war 18, die älteste 47.

In diesem Werk habe ich meine extravagantesten sexuellen Erlebnisse mit ebendiesen lasziven Müttern und Kindshüterinnen zusammengestellt. Meine Frau Andrea ist nach wie vor unwissend meines wilden Treibens. Ihr bin ich der perfekte Gatte und liebevolle Vater unserer 2 Kinder. Doch so sehr ich meine Frau liebe, treu sein kann und will ich ihr einfach nicht.

Das Projekt „In MILF Paradise" entstand durch mein sensationelles Erlebnis mit Kollegin Nina, 23-jährige Mutter des kleinen Anton (2). Nina war der helle Wahnsinn! Ihr gebührt daher auch der Startplatz. Freuen Sie sich auf meine geilsten Affären mit MILF-Mothers, die auch Sie ficken würden. Ich wünsche Ihnen viel Freude und Anregung beim Studieren und Lesen!

ISBN 978-3-7481-9116-2
Books on Demand

Buch-Tipps vom Womanizer

The Womanizer
Besiegt, Erobert & Geliebt
Wie ich Frauen über Wetten zum Sex bekomme

„Wetten, dass..?" – Wer kennt sie nicht, die einzigartige ZDF-Samstagabendshow, die knapp 35 Jahre lang die Welt erfüllte. Spektakuläre Wetten wurden durchgeführt. Wetten spielen auch in my life eine große Rolle. Ich wette sehr gerne! Weil ich dadurch schon viele Frauen rumbekommen habe.

In vorliegendem Werk habe ich meine heißesten Sexgeschichten zusammengestellt, die ich mir erspielt habe. „Besiegt, Erobert & Geliebt" lautet diesmal das Motto. In der Regel bekomme ich Frauen so. Über 1.500 habe ich bereits im Bett gehabt, bald knacke ich die 2.000. Einige von ihnen musste ich aber ein wenig überzeugen, um es mit mir zu tun. Und hier kommen die Wetten ins Spiel.

Man muss Frauen nur eine reizvolle Wette anbieten, mit einem Gewinn für sie. Man muss sie auch am Ego packen. 7 geniale „Besiegt, Erobert & Geliebt"-Erlebnisse warten hier auf Sie. Sie sollen Sie inspirieren und Ihnen zeigen, welche Tricks mir halfen, die Nuss doch noch zu knacken.

ISBN 978-3-7528-9408-0
Books on Demand

Buch-Tipps vom Womanizer

The Womanizer
Meine wildesten Sex-Erlebnisse
Wenn Träume Wirklichkeit sind

Der Womanizer ist back, mit seinen wildesten Sex-Erlebnissen im Gepäck. Wir blicken auf Highlights meiner Laufbahn. Yasmin, die als Teenager in mich verliebt war. Gut 20 Jahre später kommt es zur sexuellen Reunion.

In Irland hatte ich in 14 Tagen 3 Frauen. Meine Gattin Andrea war früher auch nicht ohne: Was ich in ihrer „Magic Box" fand, war brisantes Sex-Material. Ich interessierte mich für die Nutte Agnes, doch es kam alles ganz anders. Tinder-Fick: Janka war eine krasse Lady mit krassen Vorlieben. Und was ich mit meiner älteren Schwester erlebt habe, sollte ich besser für mich behalten.

Ich bin Fan von sinnlichen, erotischen Massagen. So gerne lasse ich mir dort meine Palme wedeln. Als Blue Man Sex zu haben, wer kann das schon behaupten? Dann darf die 19-jährige süße Quirina nicht fehlen, Tochter meines Ex-Chefs. Es sind 112 Seiten Erotik und wilde Sex-Erlebnisse, die Dich anregen sollen, es mir gleich zu tun. Live sex and enjoy life!

ISBN 978-3-7494-5255-2
Books on Demand

Buch-Tipps vom Womanizer

The Womanizer
AusgeSEXt
Das End meines Glücks?

Ist dies das Ende des Womanizers? Meine geliebte Ehefrau Andrea hat mich rausgeschmissen und verlangte eine Auszeit. Ich organisierte mir eine Mietwohnung und ließ es krachen. Gott sei Dank nahm mich Andrea nach einem halben Jahr wieder zurück. Glück gehabt!

Während dieser heiklen Phase poppte ich so einiges: Daphne (18) hatte sich über den Wendler-Komplex in mich verliebt. Mit ihren sexy Schulfreundinnen vernaschte sie mich gleich mehrmals. Heidi war nicht nur meine Immobilienmaklerin, auch eine gute Gespielin im Bett. Der sexuell blockierten Maren erteilte ich Lektionen in Lust und Leidenschaft. Die reizvolle Tattoo-Lady Jackie (34) verführte mich mit ihrem Körperschmuck.

Cornelia und Leonie angelte ich mir für einen flotten Dreier und mehr. Sonja war für mich unerreichbar. Also trickste ich und machte sie gefügig. Käuflich bin ich nicht. Das musste die erfolgreiche Geschäftsfrau Laetitia erkennen. Statt meiner Firma ließ ich sie etwas anderes schlucken. Und mein Business-Trip nach Holland brachte mich mit Susanna zusammen. Eines steht fest: AusgeSEXt habe ich noch lange nicht!

ISBN 978-3-7494-3471-8
Books on Demand

Buch-Tipps vom Womanizer

The Womanizer
Meine versexte Jugend
Früh übt sich

Wer ein Womanizer werden will, muss früh beginnen. In diesem Special widme ich mich einigen meiner frühen Sex-Abenteuer. Ich stelle Raliza vor, mit der ich meinen ersten Sex hatte. Die scheue Flavia weihte ich in die Sex-Kunst ein. Gleichzeitig genoss ich ein heißes Programm mit ihrer älteren Schwester Franziska. Während meiner Abi-Zeit ließ ich es richtig krachen:

Ich bumste meine sexy Sportlehrerin Sarah. Bei den Bayerischen Meisterschaften in Badminton legte ich Dorothea und Rebecca H. flach. Die bilderbuchhübsche Susanne bekam ich über die Chloe. Aus einer vertrauensvollen Bruder-und-Schwester-Beziehung mit Jasmin wurde inniger Sex. In Irland vögelte ich Pippa, Emma und Teamleiterin Becky.

Auf einem Musik-Festival genoss ich mit Natascha und Doreen einen lustvollen Dreier. Meine schicke Nachbarin Juli hasste mich zuerst, doch dann liebte sie mich, da ich ihre Orgasmus-Probleme löste. Genießt diese heiße Auswahl meiner versexten Jugend!

ISBN 978-3-7494-6762-4
Books on Demand